GOBOOKS & SITAK GROUP©

GOBOOKS & SITAK GROUP©

三日月書版

三日月書版

探問禁止
主唱大人★祕密兼差中
輕世代
三日月書版 FW306
5
尉遲小律 著
ひのた 繪

探問禁止
主唱大人★祕密兼差中
Are you ready for the party?

Contents

ARE YOU READY FOR THE PARTY

CHARACTER Profile

冰山度：★★★★★／**歐陽子奇**

穆丞海的青梅竹馬兼搭檔，優雅腹黑貴公子一枚，專長是作曲＆欺負搭檔，體質容易鬼上身。

基本資料

身高：１８１公分	體重：６４公斤
生日：９／２０	血型：Ａ型
喜歡的東西：音樂創作	
討厭的東西：被打擾	

♪座右銘

既然要做，就要傾盡全力做到最完美。

每一個欺負海的機會，
我都不想放過。

ARE YOU READY FOR THE PARTY?

CHARACTER Profile

穆丞海／熱血度：★★★★★

俊美風流的天然呆，唱功一百、演技零分的人氣偶像。卡到陰與拍電影的初體驗一同發生。

基本資料		
	身高：１７５公分	體重：６０公斤
	生日：４／１５	血型：O型
	喜歡的東西：戶外活動、小朋友	
	討厭的東西：睡不飽、肚子餓	

♪座右銘

認真思考什麼的實在是太麻煩了！人生不過短短幾十年，問心無愧，快樂生活最重要。

但是欺負我可以，絕、對、不、能說子奇的壞話唷！

Chapter 0

這年頭，電視節目真的不好做

老舊公寓的走廊，檳榔渣和菸蒂丟得到處都是，窒悶的空氣混雜著霉味，地上還有蟑螂爬來爬去。

狹窄的長型空間裡，連扇可以採光的窗戶都沒有，唯一的光源，是天花板上頭忽明忽滅的日光燈，在油漆脫落的斑駁牆上，映照出閃爍的影子。

某位住戶的大門前，站著一位啤酒肚中年大叔及一名妙齡少女，他們的動作看起來像是正準備要按門鈴，卻又因為某些緣故，遲遲沒有按下。

「張製作，我們真的要實踐那個計劃嗎？」綁著俏麗馬尾、打扮青春洋溢的女助理朵莉菲問。

被稱做「張製作」的中年大叔，是A臺靈異節目《鬼影任務》的製作人，在電視圈裡極富盛名，不論是企劃吸睛節目的能力，還是什麼任務都敢玩的膽識，都讓其他製作人望其項背。但即使是像他這樣資深、什麼大風大浪沒見識過的製作人，站在這扇髒髒舊舊的木板門前還是會侷促不安。

「我們沒有退路了。」張製作摸著頂上無毛的地中海型禿頭，一臉慘澹憂鬱，「妳有所不知啊！我收到消息，V臺的靈異節目等到這一季播完後，已經確定要停掉了。我們再不做出改變，步上V臺節目後塵只是遲早的事。」

「唉！竟然連V臺也撐不住了……」助理朵莉菲長嘆口氣，白皙粉嫩的小臉蛋也跟著張製作一起憂愁起來，她伸出手指數道，「這樣算一算，從靈異節目最興盛那時的十八個節目，到現在停的停，轉型的轉型，跟我們《鬼影任務》同樣還堅持走純靈異風的，也只剩三個在苦撐了。」

《鬼影任務》是電視史上第一個以純靈異為主題的電視節目，剛推出時，不只收視率亮眼，甚至還帶起一股風潮，讓其他電視臺也跟著製作靈異性質的節目。

請有道行的老師上節目講解靈異照片和影片、找美女探險員去鬼屋、徵求觀眾一起體驗觀落音，種種和鬼魂靈異有關的節目如雨後春筍般冒出，常常轉個兩、三臺頻道就見到一個。

後來靈異節目越來越氾濫，觀眾看膩，有些節目便開始轉型，表面上雖然是請來賓講述靈異故事或是自身遇鬼經驗，但內容更多是提到某某明星的羶腥傳聞，與其說是靈異節目，倒不如說是八卦節目。

一開始出現這種掛羊頭賣狗肉的內容，他們這群以製作純粹靈異節目為傲的人還很不屑地批評抵制，認為那是降低了靈異節目的格調，粗製濫造的內容一定撐不了多久。

誰知觀眾竟然愛看，反應在收視率上，也就越來越多節目跟著倒戈，他們反倒成了同業眼中不知變通的一群。

「我們現在還能不停錄，是多虧有小芹的主持撐著，不過單靠主持人的魅力來維持最基本的收視率絕對不是長久之計。高層也放話了，《鬼影任務》的收視率如果再不見起色，最慢下一季做完就要收掉。菲菲，妳也不希望辛苦經營起來的節目就這樣因為沒人看而黯淡結束吧？」

朵莉菲聽了猛搖頭。

想當初他們還常跟V臺的靈異節目競爭收視率第一名的寶座，良性競爭的情況下，節目內容越做越瘋，越瘋越好看，是同時段其他性質的節目難以匹敵的，但這幾年來觀眾口味改變，收視率不斷下滑，甚至敬陪末座，想來就不勝唏噓。

「靈異節目並不是沒有市場。」張製作接著說，「是觀眾們對那些作假的內容感到灰心，就算是本來用心製作的團隊，也被拖累質疑，覺得靈異節目只是譁眾取寵罷了。」說著說著，張製作握拳，吐露出自己對節目的雄心壯志，「而我們此刻要做的，就是重新建立起觀眾對靈異節目真實性的信心！」

朵莉菲被張製作的熱情感動，有那麼一瞬間，就要豁出一切去敲門了，但還好內心深處尚存的一絲猶豫，及時制止那股衝動，「可是……實境拍攝，會不會太大手筆了？先不說經費問題，光是踏進那個赫赫有名的『陳家宅邸』就夠嗆辣的了，現在還要挑戰來賓的膽量，住上七天！」

以往《鬼影任務》節目組去拍攝的地點，都是一些歷史年代較久遠的鬼屋，觀眾雖然知道那些地方不乾淨，但因為發生命案的時間點太久遠，或是恐怖之處也只是一些繪聲繪影集結而來的傳聞，所以觀眾都當成影集在看，並不是那麼感同身受。

但「陳家宅邸」不同。

屋主陳則民一家慘遭滅門不過是十多年前的事，凶手至今尚未抓到，民眾就算是對命案的詳情沒有那麼瞭解，但一定或多或少都聽過關於那件命案的事。

因為命案身亡的人數多，現場太過詭異，事後又傳出許多離奇事件，縱使其他靈異節目已經做過相關特輯，卻也都是只敢在圍牆外面拍攝，從來沒人敢真的向陳家繼承那棟凶宅的親戚提出申請，實際進去屋內觀看。

就連他們這個早就習慣上山下海、出入各大鬼屋、號稱史上最大膽的《鬼影任務》製作團隊，也對張製作這次提出的企劃感到畏縮。

「如果不下這種殺手鐧，怎麼能讓觀眾看到我們的決心呢？」張製作這次會敲定「陳家宅邸」做為實境拍攝的場地，確實抱持著豁出去的心態。

陳則民一家人所居住的宅邸，在發生命案後，所有權就轉移到他的弟弟陳則義手裡。

和擁有數十億財產的哥哥不同，陳則義一直獨自過著窮困潦倒的日子，即使繼承了哥哥的遺產，也不見他的生活有所改變，龐大的遺產似乎只動用在維持那間凶案豪宅的屋況上頭，自己還是住在一棟破舊公寓裡。

張製作和助理朵莉菲現在所站的位置，就是陳則義的住家門口。

「就算陳家肯借我們場地好了，可是真的有藝人願意住進去『陳家宅邸』裡面進行實境拍攝嗎？還是住上這麼長的時間耶！」光只是想著，朵莉菲就起雞皮疙瘩，渾身發寒不舒服。

即使已經搭了兩個多小時的車，抵達要商借凶宅的陳則義家門口，朵莉菲還是抱著最後一絲希望，想勸張製作打消念頭。

「張製作，你也不是不知道，現在藝人選擇通告的標準，都淨想著能挑些可以高度曝光但內容又輕鬆的，就算膽子大一點願意出靈異節目的外景，也只肯去安全明亮的觀光鬼屋，在鏡頭前作作樣子。我們若想找藝人來上這個『陳家宅邸』實境拍攝的企劃，恐怕只能找到名不見經傳的小咖明星。」

「不能是小咖！」張製作的音量突然大了起來。

要是隨隨便便找些人就進去拍攝，只會讓精心企劃的效果大打折扣，就算他們請不到當紅的藝人，也絕不能是那些沒沒無聞的小咖！

他是要找人來救收視率的，可不是發善心要捧紅別人的，不能最後落得節目沒人要看，大家一起死的下場啊！

「暫時管不了這麼多了，先借到場地再說吧。」張製作煩躁地擺擺手，表情不自覺越來越顯猙獰，若是節目收起來，就跟自己的小孩夭折一樣難受，他絕對不能容許這樣的事發生。

「好吧，也只能這樣了。」見勸說無益，朵莉菲放棄掙扎，只能無奈地嘆了口氣。

突然，她聽見背後傳來微弱的呼吸聲，眼角餘光瞥見在他們身後多了個人影，她當場嚇得花容失色，放聲大叫：「製作！」

張製作被她這麼一喊，也嚇得跳起來，兩個人瞬間緊抱在一起，直打哆嗦。

他們平時可都不是如此膽小的人，但討論完陳家宅邸的事情完後，兩個人都被恐怖的氣氛感染，心裡早就處於杯弓蛇影的狀態，現在對什麼事情都特別敏感。

「你們在這裡做什麼？」

那位身材矮小、無聲無息的站在他們背後好一會兒的男人開口，語調平板又無力，還有一股虛無縹緲之感，倒三角形的臉毫無血色，雙頰消瘦凹陷，他的手裡提著一個便利商店的塑膠袋，裡頭塞滿各式各樣的提神飲料。

「我們、我們是來找陳則義先生，想要借、借場地的……」張製作被嚇得渾身顫抖，連說話都變得結巴。

那個男人從口袋裡掏出鑰匙將老舊的木板門打開，率先走了進去，張製作知道陳則義是一個人獨居，所以眼前這個有鑰匙的人，肯定就是陳則義本人。

陳則義沒有邀請張製作和助理朵莉菲進入屋內，反而停下步伐轉身，用著充滿血絲的雙眼直盯著他們，「借什麼場地？」他每說一個字，周圍的空氣似乎就跟著少了幾分，讓張製作和朵莉菲頭暈發昏。

張製作人趕緊遞上名片，想要趕快借到場地，好離開這個詭異程度不亞於陳家宅邸的地方。

「我是A臺《鬼影任務》節目的製作人張凱能，之前有打過電話給陳先生，但是您沒接到。我們想跟陳先生出借您哥哥陳則民之前住的那間宅邸，進行節目拍攝。」

陳則義聽完，也沒多說什麼，就很乾脆地從口袋裡掏出一大串鑰匙，交給張製作。

「拿去吧。」

「這是？」張製作狐疑地接下鑰匙。

「哥哥房子的所有鑰匙。」

這麼容易就借到場地了啊？

張凱能大感意外，和朵莉菲面面相覷。

他的公事包裡還放著電視臺對外租借拍攝場地的合約書，金額、特別注意事項什麼的，都還沒跟對方細談，想不到陳則義就乾脆的將鑰匙交給他。

「有沒有需要注意的地方？像是什麼房間不能進去，擺設禁止亂動之類的，還有租金……」張凱能試探地問。

「不用錢，你們愛怎麼用就怎麼用。」陳則義說完，碰的一聲，就把門關上。

面對這出乎意料的發展，張凱能和朵莉菲愣在原地，一時間不知道該怎麼反應才好。

「張製作，他說隨便我們怎麼用耶！還不用租金，這樣……我們應該要為了省下一筆開銷而高興嗎？」

「應該……要高興吧，至少沒被為難，就順利借到場地。」

而且，因為《鬼影任務》節目的收視率低迷已久，導致張凱能這次跟電視台高層拿到的實際製作經費比他申請的短少許多，本來還苦惱著要去哪裡拉廣告贊助，現下能節省到場地租金，馬上就將大半的資金缺口填補起來。

這時，大門緩緩地被打開一條縫隙，出現陳則義的半張臉，他露出泛黃參雜著黑垢的牙齒，咧嘴笑著。

「祝你們好運。」

Chapter I

親情友情難兼顧

「程叔叔早。」

早晨，穆丞海神清氣爽地步出住處，一輛加長型豪華轎車已經停在門口等候，車子旁邊站著一個西裝筆挺的中年人，他是青海會會長的特助程浩，穆丞海向他打招呼，帥氣的臉上漾著陽光般的燦爛笑容。

「少爺早。」一見穆丞海出現，程浩立刻將手伸向轎車，想替他將車門打開。

「程叔叔不用麻煩，我自己來就行了。」

穆丞海趕緊跑過去自己開車門，程浩則是停下動作回以微笑，不堅持著一定要幫他開門。

別看程浩現在這個退讓的舉動好像沒什麼，像當初穆丞海剛恢復成靳家少爺的身分時，程浩可是每次見到穆丞海都是標標準準的九十度鞠躬，凡事親自服侍不假外手，穆丞海很不好意思，為此還拜託靳騰遠出面要程浩別這麼做。

辛苦經歷兩個月的不斷提醒之後，才讓程浩改掉這些習慣。

讓長輩這麼恭敬對他，穆丞海的心裡總覺得彆扭，就算不是長輩，每當那些跟自己年紀差不多，或是比自己更小的青海會成員喊他一聲「少爺」時，他就覺得很不自在。

現在的穆丞海，除了是擁有當今最高人氣的團體MAX的成員之外，還多了個身分——青海會會長的兒子。

他的身價瞬間翻漲了好幾倍，被雜誌評選為十大最有價值的單身漢，這也是他第一次跟MAX的另一名夥伴——跨國企業歐陽集團總裁的獨生子歐陽子奇，一起入榜。

穆丞海今天穿了套剪裁合身、出席正式場合用的黑色西裝，為了避免衣服弄皺，他用手順著布料，小心翼翼地壓著衣服下襬後，才坐進車內。

車子後座還坐著另一個人。

「早安，爸、爸……」

有點扭捏的口吻，甚至在說出口以後，耳根還覺得熱熱的。即使已經相認兩個多月，對於開口叫靳騰遠「爸爸」，穆丞海依舊不太習慣。

靳騰遠原本坐在車內閉目養神，在穆丞海上車時，他才張開眼睛，炯炯發亮的眼神顯得銳利，似是能洞悉一切事物，但目光落到穆丞海身上後，眼神明顯放柔了下來。

即便是在車內，靳騰遠依舊維持著他慣有的端坐姿勢，靠著椅墊的背脊挺得很直。

靳騰遠有著健身房裡練不出來的好身材，那是長年累月實戰出來的結果，就算近幾年來因為身分的關係，靳騰遠已經鮮少遇到需要親自動手的狀況，但他從未中斷在青海會總部道場的自我訓練過。

也因為練武的緣故，讓他不需刻意保養，外貌看起來比實際年齡小很多，樣態總是神清氣爽，穆丞海跟他站在一起，不像父子，倒比較像是年紀差得遠一些的兄弟。

這陣子穆丞海被靳騰遠拖著一起練武，身體線條也變得比以前俐落許多。

平時的靳騰遠，除了一頭顯眼的銀髮之外，穿著打扮總是中規中矩，一絲不苟，有次靳騰遠到工作現場探穆丞海的班，當MAX的專屬服裝造型師賽門見到他本人之後，對他的好身材驚為天人，一直想幫他做造型，改變他的穿衣風格，但是屢屢遭到靳騰遠拒絕。

賽門處心積慮地想跟靳騰遠打好關係，卻不得其門而入，直到賽門誤打誤撞做了一條精緻項鍊，裡頭放進穆丞海的照片，靳騰遠才終於肯收下他送的東西。

從那次之後，賽門抓到與靳騰遠打交道的方式，總是拿一些穆丞海曾經佩戴過的飾品，或是穿過的宣傳服送給他，靳騰遠雖然不會拿來用，卻不再拒絕，好好收著那些東西。

賽門送給靳騰遠的東西中，他唯一一樣隨身攜帶的，就是那條放著穆丞海照片的項鍊。

但今天的靳騰遠，除了賽門製作的項鍊外，還額外佩戴了幾樣飾品，連穿的衣服都從西裝改成街頭風，上半身是件印有大骷髏頭的黑底T恤，配上一件鑲著卯釘的皮製背心，耳骨上還戴了一排的銀環，再搭配那頭銀色頭髮，真的是潮翻了！

穆丞海在心裡吹了聲口哨，今天他和老爸的穿衣風格完全對調了，之所以會如此，是因為今天是他老媽伊琳娜．卜洛克的忌日，事先老爸告訴過他，今天會穿伊琳娜喜歡的穿著打扮，要他見了別太驚訝。

穆丞海事先做了很多猜測，也有心理準備，仍沒想到是這種風格！很驚訝，但很好看，他好想偷拍張照片，拿去跟賽門炫耀喔！

在心裡這麼盤算時，靳騰遠將一個大型資料袋遞給穆丞海。

「這是？」帶著疑惑的心情將資料袋打開來看，穆丞海發現裡頭是一些「艾羅爾服裝設計學院」的入學相關資料。

受到賽門的影響，穆丞海平時會對穿著搭配多留意。幾天前，他曾經提過想學習服裝設計，考慮去相關科系再進修，當時他只是隨口向靳騰遠提起，沒有深入討論，想不到靳騰遠已經幫他把資料準備好了。

而且這間「艾羅爾服裝設計學院」是世界上排名前三的頂尖服裝設計學校，歷史悠久，培養出來的設計師，長久以來都是服裝設計界的佼佼者，引領著每一季的服飾流行。

賽門的哥哥便是這所學院畢業的。

要進這所學校就讀其實就某方面來說並不難，要入學沒有年齡限制，也沒有入學考試，只要有錢就行，但「艾羅爾服裝設計學院」的學費極貴，也是世界有名的。此外，它還有一項著名的特色，那就是學校的畢業考簡直是以刁難學生為樂，因此畢業率低得可憐，標準的進去容易出來難。

穆丞海手裡捏著入學資料，覺得好感動，眼眶不禁濕潤起來。

其實，從韓綾上吊自縊後，靳騰遠就變得跟穆丞海一開始以為的那個靳騰遠差了十萬八千里。

他為自己拿刀子劃開手臂，不顧傷勢，一心只想快點把血液給自己，好進行關閉陰陽眼的儀式；之後又毫無畏懼地喝斥韓綾，要她別鬧了，嚇得對方出現一瞬間的閃神，讓殷大師得以將她的魂魄收起來，放在特殊法器裡進行渡化。

後來，穆丞海想說既然韓綾已經無法再對自己不利，便想搬回去和歐陽子奇一起住，可是又怕這個要求會讓靳騰遠傷心，猶豫了很久，還想了好幾套說詞，才敢去跟靳騰遠開口。

誰知靳騰遠根本沒要他解釋，馬上就答應了，只是特別叮囑他，必須抽出時間來青海會總部的道場訓練。

靳騰遠還捐了一大筆錢給照顧他長大的育幼院，甚至將周圍的地買下來，讓育幼院可以進行擴建，照顧更多需要被照料的孩子。

他做了這麼多事，卻完全不要求穆丞海回饋什麼給他，例如要在他身邊盡孝道、或者接受培訓，以後好接管青海會之類的，也不要求他要把姓氏改回來姓靳，靳騰遠說，他想叫穆丞海或靳丞海都無所謂，隨他高興，而靳騰遠之所以會替他做了那麼多事，只有一個理由——因為穆丞海是他的兒子，如此而已。

這個身分就足以獲得一切，根本不需要討價還價、斤斤計較。

車子駛離市區，來到市郊半山腰的一座墓園，薄霧繚繞，環境清雅幽靜，穆丞海發現周圍的風景很熟悉。

這是去年徐立展老師下葬的地方嘛！

想不到自己的媽媽也葬在這裡，要是他的陰陽眼沒有關閉的話，不知道現在會不會在墓園裡看到老媽呢？

如此想來，擁有陰陽眼還是有好處的。

只是，如果陰陽眼不關閉，此時此刻看到墓園一堆鬼，被嚇個半死的機率一定比看到老媽魂魄還高。

而且，拜那個躲在暗處中途作梗、身分不明的天師所賜，穆丞海的陰陽眼只被殷大師關閉一半，雖然現在是看不見鬼魂了，但有時還是會碰到不明物體，也聽得到奇怪聲音。

那種不知道對方位置在哪、有沒有惡意、是真的有聲音還是幻聽，種種疑神疑鬼的心情，比實際看得見鬼魂還折磨人。

無奈殷大師還沒找到方法將他的陰陽眼完全關閉，穆丞海目前也只能繼續提升自己裝傻的能力，把神經訓練得越來越粗。

「爸，老媽她真的被韓綾害死了嗎？」

「嗯。」靳騰遠將一束鮮花擺在伊琳娜的墓碑上，訴說起穆丞海該知道，卻遲遲沒有時間好好告訴他的往事。

「當年，我和你媽媽回國，已經開始籌備婚禮，可是你爺爺突然生病過世，青海會岌岌可危，天宇盟開出條件，只要我跟韓綾結婚，他們就會放過青海會，我本來不答應，可是伊琳娜怕我為難，她偷偷抱著你離開，不讓我知道你們去了哪裡。」

憶起往事，靳騰遠的神情落寞，即使已經過了如此多年，每每想起伊琳娜，他的心依舊無法平靜。

「後來，韓綾跑來告訴我，用著幾乎是炫耀的口氣，說她已經派天宇盟的殺手將伊琳娜殺了，要我死心，跟她結婚。我後來調查出伊琳娜因為中槍掉進大海裡，甚至連屍體都找不回來。」

不願意此生的摯愛就這樣消失在世界上，靳騰遠為伊琳娜立了這個墓，裡頭雖然沒有她的遺體，卻是這些年來靳騰遠寄託思念的重要地方，每每非常想她的時候，他就會來這裡沉澱心情。

靳騰遠的眼眶紅了。這個在人前總是冷靜自持的青海會會長，難得不再掩飾自己的情緒，「為了青海會，我終究還是跟韓綾結婚了，我跟她的關係惡劣，她也知道結婚已經是我的底線，根本不可能和她有孩子，因此她特別擔心生死未卜的你會突然出現，奪走青海會。

「伊琳娜跟我一樣很愛你，我想，既然你沒跟著你母親一起落海，韓綾也沒說你被她殺掉，那麼一定是伊琳娜事先將你藏在某個安全的地方，我堅信你一定還活在這個世界上。這段時間以來，我暗中尋找著你的下落，韓綾也是，誰先找到你，對你將會有截然不同的影響。

「失去你們以後的每一天，我都想著要跟韓綾攤牌，和天宇盟一決生死，但是想著你爺爺、以及青海會的那幫兄弟，又狠不下心這麼做。」

牽扯到江湖恩怨的事，穆丞海就不知道該跟靳騰遠說什麼了，但至少，他已經知道當初自己會被放在育幼院，並不是父母不想要他，而是有不得已的苦衷。

比起靳騰遠沉浸在痛苦之中，想復仇又不能復仇的矛盾心情，這段與父母分離的日子，他的生活反倒是過得快樂多了，這才終於對親生父母沒有陪著自己長大感到釋懷。

「爸，有個問題我一直很好奇，為什麼你的頭髮是銀色的？」

穆丞海看過老媽的照片，知道她的髮色是亮眼的燦金，他自己的則是偏淺的褐色，靳騰遠的頭髮總不可能天生是銀色的吧？而且以他低調沉穩的個性來看，也不像是為了成為眾所矚目的焦點，而故意將頭髮染成顯眼的銀色。

「因為……」靳騰遠的表情突然變得不自在起來，「伊琳娜說，銀色很適合我，跟她的金髮很登對。」

於是，他就為了她的一句話，從未間斷的染了二十幾年的銀髮。

穆丞海心想，如果媽媽還活著，他們會是一個很幸福的家庭吧！

看老爸這麼疼他，這麼疼老媽，如果不是因為老爸背負著兩大黑道勢力的存亡，老媽為此送命，他們的生活一定會是羨煞不少人的幸福快樂。

「走吧，你不是還有工作？」

「嗯。」穆丞海點頭，看了下手表，今天要去電視臺拍攝寫真書，算算時間也差不多該動身前往了。

「我送你過去。」依依不捨地再看了伊琳娜的墓碑幾眼，靳騰遠才和穆丞海一起離開。

「老爸，今天你是不是要跟子奇的爸爸吃飯？」穆丞海問得小心翼翼。

「嗯。」相對於穆丞海的謹慎，靳騰遠倒是回答地乾脆。

父子兩人坐上車，穆丞海知道飯局的事之後，憋了好幾天，終於還是忍不住開口問了：「你真的只是要跟子奇他爸爸談生意上的合作？」

「嗯。」果然如他所料，靳騰遠只是簡短的應聲，就沒再多說話。

如果是平常，穆丞海可能會覺得沒什麼，因為靳騰遠的調調就是這樣。但這次不同，他真的懷疑，只是去談生意這麼單純嗎？

穆丞海之所以會懷疑，是因為幾天前他有事要去找靳騰遠，在進到靳騰遠的書房前，明明聽到靳騰遠對著電話這麼說的——

「找個時間，我們也該好好談談丞海和子奇的事了。」

因為提到他和子奇的名字，穆丞海故意拖延了幾秒才開門進去，就是想多聽點內容，他還假裝不經意地問靳騰遠剛剛是在和誰通電話。

靳騰遠跟他說是歐陽子奇的爸爸，約了吃飯，要談生意上的合作。

顯然靳騰遠並沒有說實話。

但穆丞海心裡納悶的是，他和子奇是有什麼事需要兩家老爸見面談的？而且這件事情還需要瞞著他們。

就在穆丞海思考的時間中，車子先抵達了靳騰遠和歐陽奉約的餐廳門口，靳騰遠準備下車，穆丞海突然擔心起來。

「我也一起進去。」

「生意上頭的事情，你現在懂的還太少，如果你有興趣，改天有機會我再慢慢教你。」靳騰遠拒絕了讓穆丞海陪同，並果斷下令，「程浩，送少爺去電視臺吧。」

車門關上，司機在程浩的示意下，立刻啟動，將車子開往穆丞海今天的工作地點，不讓他有任何下車的機會。

穆丞海總不能跳車表示自己的堅持，只能希望一切是自己想太多，乖乖前往電視臺。

「靳先生，請坐。」

高級餐廳的VIP包廂內，歐陽奉以主人的身分招呼靳騰遠入座，並且吩咐一旁的服務生上菜。

今天的料理很精緻，靳騰遠品嘗著每道菜，心裡打了頗高的分數，歐陽奉顯然也是調查過他對食物的喜好，才著手安排菜單的，果然就如同他所探知的歐陽奉，精明老練，做事大膽心細，一出手就是快、狠、準。

可惜靳騰遠不吃這套。

聊天的話題不時帶往生意合作上頭，靳騰遠知道歐陽奉約他餐敘的目的，但他也清楚對歐陽奉來說，自己的身分並不是兒子好友的父親，而只是一名可以替歐陽集團帶來生意收益的合作伙伴。

講得更明白一點，歐陽奉從來就不認為他靳騰遠的兒子穆丞海，是他兒子歐陽子奇的好友。

這就是最讓他不爽的地方。

靳騰遠調查過穆丞海這二十幾年來的生活，當然也知道歐陽奉是怎麼對待他的。

即使那時歐陽奉不知道自己就是穆丞海的父親，並非不賣他面子，才對在育幼院長大的穆丞海有所歧視。但是想到兒子曾在他沒有陪在身邊時，遭到人家不平等的對待，靳騰遠心裡就冒起一股火。

用餐接近尾聲，靳騰遠替彼此倒了杯茶，語氣耐人尋味地說：「子奇平常這麼照顧丞海，我還沒好好跟他道謝，這次餐敘，正好有機會感謝歐陽總裁一直以來對丞海的『砥礪』。」

砥礪？歐陽奉嗅到話中的敵意。

靳騰遠沒在生意話題上給予歐陽奉回應，倒先提起穆丞海和歐陽子奇的事。

「說『砥礪』太言重了，我不過是在子奇的事業，以及他挑選的合作對象上頭，表達了些身為父親的意見。」

歐陽奉打電話給靳騰遠約今天這場飯局的時候，大概就從對方的語氣猜到靳騰遠的想法了，他唯一沒料到的是——靳騰遠竟然這麼在意自己以前和穆丞海的過節。

不過在這件事情上頭，歐陽奉也有自己的想法，並不會因為靳騰遠是他想合作的對象，就有所退讓。

做生意是一回事，兒子交友是另一回事，兩者不需混為一談。

「做父母的，有時候或許不該太過干涉孩子的生涯規劃。」靳騰遠拿起茶杯敬歐陽奉，接著啜了一口。

「孩子有時候並不瞭解他們的規劃到底是不切實際的夢想，還是有前瞻性的理想，做父母的應該負起教導責任。」歐陽奉也不甘示弱地回敬。

「教，也該是有實質幫助的教，否則也只是做父母的一廂情願，自以為對孩子好，實際上卻是在害孩子，限制孩子的發展。」靳騰遠的語氣變得更嚴厲了些，「有時，甚至給孩子帶來痛苦了還不自知。」

靳騰遠所觀察到的歐陽子奇，可不是一個需要父親瞻前顧後的軟弱孩子，他甚至發現歐陽子奇有時為了讓歐陽奉不為難穆丞海、不去干涉MAX的演藝事業，而做了一些妥協。

在靳騰遠看來，歐陽奉是個成功的商人，卻是個不及格的父親。

歐陽奉用力一拍桌子，徹底動怒，他跟靳騰遠都不再說話，氣氛變得劍拔弩張起來。

這頓飯，在進入正式商談合作前，便提早宣告結束。

程浩將穆丞海送抵T臺的大樓後，就指示司機回到靳騰遠吃飯的餐廳等候。

今天的工作排程是拍攝電視劇《復仇第二部：Robert篇》的寫真書。

《復仇第二部：Robert篇》播出後收視告捷，不論是主角或配角皆知名度大增，連相關商品也跟著熱賣。趁著熱賣之勢，電視臺讓演員們以劇中角色身分進行互動，額外拍攝寫真書發行。

從早上開始，《復仇第二部：Robert篇》的主要演員就陸續前往T臺進行拍攝，穆丞海因為要先去媽媽的墳前祭拜，排定拍攝的時間較晚。

當他走進攝影棚時，歐陽子奇正在拍他與劇中哥哥一起生活的畫面，穆丞海換好衣服，也化上他所飾演的機器人「明」的特殊妝容，站在一旁觀看。

拍攝場景是在客廳，歐陽子奇和哥哥分別坐在L型沙發的兩邊，一個人端起咖啡喝著，另一個人則是翻閱報紙。

攝影師來回走動，抓了好幾個角度，但對拍出來的畫面都不是很滿意，總覺得不太對勁。

奇怪？到底是哪裡出了問題？攝影師心裡充滿疑惑。

透過鏡頭觀看，明明兩人都很上相，服裝、燈光也都沒有問題，為什麼拍出來的照片，總有股不太協調的感覺呢？

怕耽誤太多時間，縱使不滿意，攝影師還是勉為其難的選了幾張來用，反正在劇中這對兄弟本來感情就屬普通而已，就算拍的照片看起來有點不和諧，觀眾應該也不會太在意。

重點是接下來要拍的兩個人啊！

場景依舊是客廳，攝影師要歐陽子奇改站到沙發後頭，倚坐在沙發背上，接著示意穆丞海過去，還沒指示動作，穆丞海就熟練地站到歐陽子奇旁邊，朝鏡頭做出表情。

只要手裡有拍照工具，看到這個畫面絕對會被吸引，想要將它保存下來，攝影師也不例外，馬上按下快門，一口氣連拍了好幾張。

「對對對！就是這種感覺！這樣的照片才有生命力嘛！」

明明一個是人類，一個是沒有生命的機器人，站在一起，卻覺得他們之間的感情聯繫比兄弟還緊密，少了對方，就不再是完整的個體。

拍起照片來的感覺也特別好，特別順暢。

攝影師還在思考要讓他們換拍什麼姿勢，趁這空檔，歐陽子奇降低音量，用著有點受不了的口氣對穆丞海說：「海，你以為現在是在拍專輯宣傳照嗎？」

「啊！對耶，我搞錯了。」

剛才沒多想，一站到子奇身旁，就自然而然地把手搭在他肩上，還將下巴枕上去，對著鏡頭擺出燦爛的笑容，這是MAX一起拍照時熟到不能再熟的動作之一，類似動作他們還有好幾套。

「這個攝影師不是很專業，他雖然說拍起來感覺好，你可別跟著他瞎起鬨。」這是歐陽子奇整天拍攝下來的心得。

「是的老大，我這就讓『明』上身，引導攝影師拍出『專業』的照片來。」

「還老大咧！」歐陽子奇笑著白了穆丞海一眼，「就算是老大，也該是叫你，不是叫我。不對，你現在也還不算是老大，充其量只能算是老大的兒子。」

這番話如果換成別人說，穆丞海一定會覺得生氣跟難過，好像和靳騰遠相認後，別人就只會覺得他是青海會會長的兒子，「歌手穆丞海」這二十多年來的努力輕易地被抹殺掉了。

但面對歐陽子奇的調侃，穆丞海知道他只是開玩笑，並不會覺得不舒服，反而還拋給他一個「我是老大，兄弟放心，有我罩你」的眼神。

MAX二人組在沙發這頭笑鬧，另一邊的攝影師和T臺高層討論，決定臨時加拍一組照片，將拍攝場景搬到實驗室裡，讓歐陽子奇換上科學家的白袍，穆丞海赤裸上身，進行維修檢查。

美其名是要拍檢查的互動照，大家都心知肚明是提供女性觀眾養眼服務。

至於歐陽子奇也不是說不能露，但根據民調，他在《復仇第二部：Robert篇》劇中最受歡迎的造型就是穿著實驗長袍的樣子，簡直是集聰明與帥氣於一身的優雅貴公子。而且他心繫復仇，時常露出鎖眉的凝重表情，搭配包得緊緊的長袍，格外有股禁欲的美感。

T臺因為還有其它部戲需要用到實驗室場景，當初搭好的布景便尚未撤除，一行人搭電梯換地方拍攝，不須花太多時間。

這臨時起意的點子，效果卻出奇地好。攝影師發了瘋似地拍了好幾組照片，拍到最後穆丞海躺在檢查檯上，下半身只剩一件毯子蓋著，歐陽子奇的白袍也從穿戴整齊拍到隨性披掛在身上，還要解開裡頭襯衫的前兩顆釦子。

原本在劇裡不太重要的檢查橋段，突然搖身一變成了寫真書的一大重點，搞得穆丞海與歐陽子奇都不知道是在拍電視劇的寫真書，還是在拍MAX的性感寫真集了。

等到歐陽子奇襯衫釦子全解開，露出白皙且線條精實的胸膛，仰躺在椅子上閉眼休息的照片拍完，攝影師終於滿足地宣布收工。

「太習慣看到你們兩個站在一起，看到你們其中一人跟其他人做搭配，就覺得味道不對。」攝影師和T臺主管走上前來跟MAX寒暄，說著自己整趟拍攝完後的感想。

這兩個人身材高，長得帥，唱片專輯賣得嚇嚇叫，本來就是廠商拍廣告喜歡合作的明星，現在連跨足電視劇都能有這麼搶眼的表現，讓以自製電視劇為主的T臺非常想要跟他們拉好關係，再合作多拍幾檔戲，力捧他們成為新一代的戲劇一哥。

「這表示MAX的默契很好，簡直是天生就要組團的一樣！不過你們也要小心喔，這樣表示你們如果拆團單飛，改跟其他人合作，觀眾接受度絕對會大幅降低，甚至產生莫名的抵制情緒。」T臺主管好心分析給他們聽。

他看過太多例子，團體時期發展不錯，人氣居高不下，就想拆團各自發展，以為會賺得比較多，但是有的單飛後並不會真的比較紅，更多是就此走下坡，漸漸被觀眾遺忘，所以提醒歐陽子奇和穆丞海要注意。

「你們剛出道時可能還好，就算丞海和別人搭配拍電影，觀眾也還不會覺得不習慣，但現在MAX合體給人家的感覺太強烈了，不管是看到子奇和別人合作，或是看到丞海和別人合作，就會覺得哪裡不對勁。以一個演藝圈長輩的身分給你們忠告，真的不要輕易拆團單飛。」T臺主管的這番話是肺腑之言，真心替他們著想。

「安啦！」將手搭在歐陽子奇肩上，穆丞海笑著說，「我們才不會拆團咧，MAX絕對會永遠在一起！」

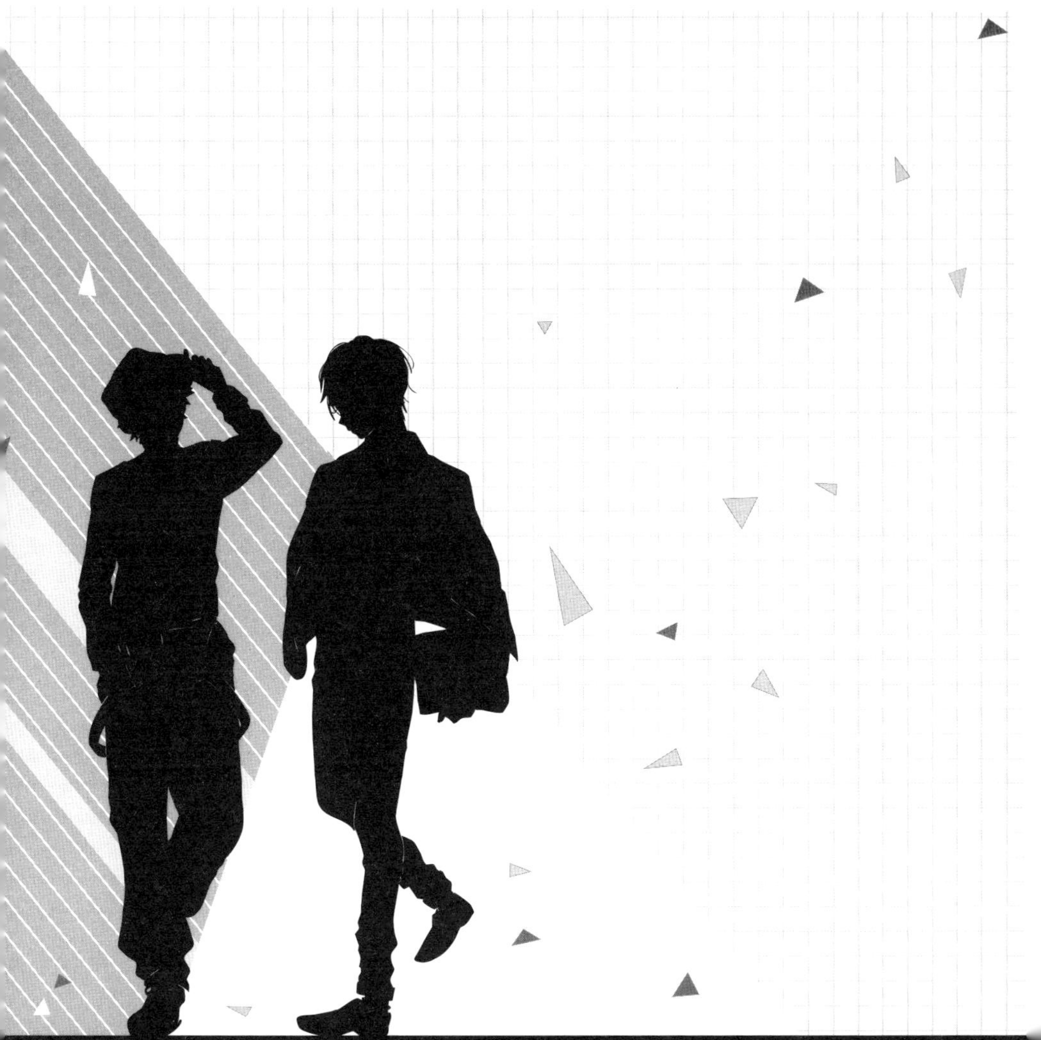

Chapter 2

最後的通告？

「好，我馬上過去。」

拍完寫真書的照片，歐陽子奇和穆丞海先回到電視臺安排的休息室，等著接受T臺旗下娛樂雜誌的專訪。

這時，一通電話來了，是歐陽家所開設的聖心醫院院長親自打來的，說是歐陽奉突然昏倒，緊急送醫，初步判斷是心臟方面出問題，可能需要動手術，請歐陽子奇過去一趟。

「子奇，你快去看看吧！專訪這邊我來應付，如果有什麼問題是需要由你來回答的，我再整理給你。」

「好。」

心繫父親狀況，歐陽子奇沒多做耽擱，抓起車鑰匙就往聖心醫院趕去。

穆丞海低頭看手表，也差不多快到專訪約定的時間了，於是起身往電視臺為他們安排的受訪室走去，一路上，他邊走邊覺得疑惑。

子奇的爸爸不是和自家老爸在吃飯嗎？怎麼會突然心臟出問題送醫？不會是老爸說了什麼話、或是做了什麼事，把人家氣到心臟病發吧？穆丞海猜測著，越想越擔心。

娛樂雜誌的記者知道歐陽子奇是因為父親生病才臨時離開，表示能夠體諒，就讓穆丞海獨自接受訪問。幸好記者準備的都不是太刁鑽的題目，懷著忐忑心情，穆丞海總算受訪完畢。

．

收工後，他本來打算在電視臺門口直接攔計程車回家，卻見程浩獨自一人站在大門口等他，身邊也沒有豪華加長型轎車或任何保鏢。

「少爺。」

「咦？程叔叔你怎麼來了？只有你一個人？」

程浩面有難色，躊躇半天，才鼓起勇氣：「我是有事情想告訴少爺，瞞著會長來的。」

瞞著老爸來的？那大概不會是什麼好事了。

穆丞海和程浩就近到電視臺旁邊的一間餐館，一進門，見到有空桌子，穆丞海就趕緊拉著去坐下。

服務生走過來遞送菜單及開水，穆丞海瞄了一眼菜單，隨口點了幾道後，趕緊把服務生打發走了。

「程叔叔，你想跟我說什麼？」

「你先有個心理準備，等會兒聽到別太驚訝。」

穆丞海點頭，一顆心其實七上八下，口乾舌燥。

程浩的聲音突然哽咽，「其實會長他……癌症末期了。」

「什麼？」穆丞海拿起杯子正準備喝水，險些噴了出來，「癌症末期?!怎麼會突然就……」

「不是突然，會長檢查出癌症已經快一年了，但是他和少爺相認後，似乎並不打算提這件事。我知道以我的身分實在不該自作主張跑來多嘴，但如果會長就這麼走了，少爺到時才知道真相，心裡一定會自責的。」

確實，他會懊悔自己的神經太粗，連老爸生病的事情都沒發現，還沒找時間多陪陪他。

「程叔叔，謝謝你告訴我這件事。」穆丞海打從心底感謝程浩願意不顧老爸的意願，私下告訴他這件事，「可是，我怎麼都沒看到老爸去接受治療？」

既然一年前就已經診斷出癌症，現在看來精神也不錯，表示當初發現時應該還不嚴重吧？

「會長說，他不想要在醫院裡度過最後的日子。」程浩的表情憂愁，彷彿靳騰遠明天就會突然離開這個世界一樣。

最後的日子?!程叔叔方才說癌症末期……「所以，真的治不好了？」

程浩低頭，未說出口的答案，是他們都不願意相信的事實。

「醫生有說，老爸的生命還剩多久時間嗎？」穆丞海努力讓自己冷靜下來。

「這……我也不清楚，會長每次到醫院回診都是獨自和醫生談話的，我問過幾次，但他不肯透露，我也去找過醫生，醫生以病人隱私為由不願告知，不過，我想最多應該就剩幾個月了吧。」

幾個月？造化怎會如此弄人，不久前自己因為有陰陽眼，性命受到威脅，倒數活著的日子才剛結束，現在卻換他老爸生命在倒數了嗎？

穆丞海知道那種眼巴巴的看著死亡之日不斷接近的感覺，有時候即使想要樂觀以對，但在夜深人靜時，卻還是不免會跑出悲觀的想法，想著死亡那一刻真的來臨時怎麼辦?自己能心甘情願放下塵世的一切，無怨無悔地死去嗎?

當時的自己，還有子奇陪著，有豔青姐讓他知道，即使是死掉以後也能在人間自由遊走，不是什麼太可怕的事。

但老爸呢?他的身邊是否有這樣的好友……薛畢導演!他知道這件事嗎?他是否有陪在老爸身邊，給他心靈上的支持呢?

癌症末期，這麼嚴重的事情，老爸卻隻字未提，難道是想一直瞞著他?

「程叔叔，你知道今天中午老爸跟子奇他爸爸吃飯時，發生什麼事嗎?」穆丞海想起另外一件事。

「我不清楚，當時我在外頭等，沒有進去。不過會長離開時看起來心情不太好，少爺如果有什麼疑問，可以直接去問會長。」那臉色和心情豈止是不太好而已，只是程浩說得比較含蓄。

「老爸現在人在哪?」是啊，都這節骨眼了，他和老爸之間還有什麼不能問不能說的?況且他已經沒有陰陽眼了，無法在老爸離世之後依舊與他談天說地，更不願老爸因為牽掛永遠逗留在陽間。

「會長正在打高爾夫球。」

天啊！都癌症末期了，不好好休養，還打什麼高爾夫球！

「程叔叔，你有開車來嗎？麻煩你帶我過去老爸打高爾夫球的地方。」

「好的。」程浩撥了通電話，一分鐘後，豪華加長型轎車出現在餐館門口。

MAX剛出道時，工作還不算忙，有時穆丞海會跟歐陽子奇一起去打高爾夫球，那是歐陽子奇除了音樂之外的少數興趣之一。穆丞海原本不會打，是跟著歐陽子奇慢慢練的。

程浩帶穆丞海來的這家高爾夫球練習場，他以前和歐陽子奇來過幾次，是採會員制，進出管制嚴格，所以不必擔心有記者混入，隱密性很好。

程浩走到櫃檯詢問，先確認靳騰遠所在的位置，才帶穆丞海進去。

遠遠的，他們就看見靳騰遠的身影，他連揮杆時的站姿都是那麼直挺標準，那是他自律自持的個性顯露於外的表現，以前穆丞海對這樣的老爸總覺得佩服，但今天除了佩服，更多了絲心疼與不捨。

程浩在遠處停下，沒有陪穆丞海上前，讓父子倆可以單獨談話。

見到穆丞海出現，靳騰遠罕見地沒能隱藏住自己情緒，臉上閃過一絲驚訝，那表情稍縱即逝，穆丞海平時少根筋，這次卻精準的捕捉到那表情，可見他此刻對老爸的身體狀況真的很掛心。

「工作結束了？」

「嗯。」穆丞海點頭，接著沉默了很久，不知道該怎麼開口向靳騰遠問癌症的事。

夕陽映照下的銀色頭髮發出光澤，穆丞海看著靳騰遠，想起前陣子自己跟育幼院院長聊天的內容。

在殷大師的天珠顯示他和靳騰遠有血緣關係之前，也就是穆丞海他們去拜桑歌劇院競演的那段期間，靳騰遠去過育幼院找院長求證他的身分。

當時，靳騰遠跟院長達成協議，為了保護穆丞海不被韓綾傷害，決定繼續瞞著，不讓他知道自己還有親人活在世上。

幾十年來，靳騰遠為這個「虛無的兒子」做了很多，即使根本不知道他是不是還活在世界上，卻從未放棄找他。

穆丞海也從薛畢那裡得知他們三個人在國外留學時的生活點滴，知道老爸跟老媽的感情真的很好，生活也過得很快樂，直到韓綾介入，加上天宇盟跟青海會之間的糾葛，他們才變成這樣「家破人亡」的狀態。

即使是相認後的現在，靳騰遠也從不要求他接管青海會，只由著他去做自己想做的事。要不是他已經成年，有獨立思考的能力，否則給靳騰遠這樣從小寵到大，他一定會變成驕縱的大少爺。

靳騰遠對他這麼好，他這個當兒子的，卻到現在都沒能回報給爸爸什麼。

「老爸，你有什麼心願沒有達成嗎？」

穆丞海試圖說得婉轉一些，不去提生啊死的跟癌症末期之類的話，但他前後思慮過的話一出口，就發現這樣問仍舊也沒好到哪去，頓時有點尷尬。

程叔叔路上還交代過他，不可以讓老爸知道他跑去通風報信的，這下會不會害了程叔叔啊？

靳騰遠笑了笑，敏銳地猜到穆丞海為何而來，只是考慮到自己的感受不想講明，於是也順著穆丞海的話回答，沒有戳破。

「都到這把年紀，該經歷過的也都經歷過了，還會有什麼心願呢？」

如果這時旁邊有人經過，一定會對靳騰遠這番話覺得奇怪，一個看起來不過三十多歲的人而已，不是正值壯年、人生狀態最顛峰的年紀嗎？為什麼講話卻像個老頭子似的。

「總有一些渴望的事吧？例如特別想要的東西或是想體驗的生活？」

「特別想要的東西……一時還真的想不到。」

確實，論財力跟勢力，靳騰遠雖然不是位於最頂端，但絕對勝過很多人，因此物質方面不太會是他的遺憾。

「若真的要說有什麼還沒體驗過的生活，或許就是希望你能多陪陪我。」

見穆丞海還在煩惱，靳騰遠知道如果他今天含混過去，沒有給他一個明確的回答，兒子晚上極有可能會睡不著，想了下，於是這麼說道。

聽起來不難達成的願望，工作之餘，把時間拿來多陪老爸也是應該的。

這點他做得到，穆丞海才想用力點頭，卻聽見靳騰遠這樣說：

「像是能一起吃三餐，去朋友家串門子，父子倆坐下來好好聊聊心事，一起去趟長途旅行之類的……」

「呃……」穆丞海的眉頭打了好幾個結。

以MAX目前的工作量來說，他就算盡可能抽出時間，也很難做到三餐都陪老爸吃飯，基本上，一天之中能有一餐是一起吃的，就非常不得了了，更別提去長途旅行。

「不過，其實也不是說一定要進行什麼活動，如果能夠在醒著的時間看到你在我視線裡，我就很滿足了，我知道你的工作很忙碌，剛剛那些話聽過就算了，別想太多。」靳騰遠拍拍兒子的肩膀。

「既然來了，就陪我打球吧。」

心裡有煩惱時，身體也變得容易疲累，穆丞海步履蹣跚地回到家，有股不想洗澡就直接上床鋪睡覺的衝動。

有氣無力地打開客廳的燈，發現歐陽子奇竟然坐在沙發上。

「幹嘛不開燈？」穆丞海嚇了一跳，忍不住抱怨。

歐陽子奇對電燈突然打開也沒什麼反應，好幾秒後才回神轉頭看向他。

「伯父的身體狀況還好嗎？」子奇的臉色看起來好糟啊！

歐陽子奇抿了下唇，沒說話。

「喂！你別嚇我，伯父到底怎麼了？」穆丞海趕緊坐到歐陽子奇身旁，一臉擔憂的看著歐陽子奇。

「醫生說，他的心臟有問題，最糟糕的情況可能需要開刀，而且手術成功機率只有百分之三十，在這之前，最好不要再受到刺激，免得病情惡化。」歐陽子奇嘆了口氣，「父親裝病也不是第一次了，起初我以為這次也是他想要我們拆團，處心積慮使出的伎倆。」

「伯父要求我們拆團嗎？」

「沒有，他並沒有提，就是這樣我才覺得奇怪。」

平常用盡心機要他們拆團，甚至希望歐陽子奇直接退出演藝圈，接管歐陽集團的家族事業，這次卻反倒隻字未提，讓歐陽子奇覺得事有蹊蹺。

那模樣就好像已經放棄救治，隨便歐陽子奇想過怎樣的生活都無所謂。

而且以前父親裝病，都只是嘴上嚷嚷自己身體不適，從未有過連聖心醫院的院長都出面來說這樣的紀錄。

「伯父要是想用病危這招來逼我們拆團，應該早在我們出道時就會這麼做了，何必等到現在。」雖然歐陽奉總是看穆丞海不順眼，穆丞海也不太願意和他打交道，但聽聞這樣的事情，心裡也不好受。

「所以我很困惑。」怕是父親真的生病了，而且不開刀就會有生命危險。

穆丞海朝歐陽子奇挪動身體，伸出手輕拍他的雙頰，想暖暖他冰涼的體溫，順道給他打氣。

歐陽子奇現在的臉色真的蒼白得嚇死人，或許總是氣勢磅礡，頂天立地的父親突然沒有任何預兆就倒了下來，讓人根本覺得無法接受吧。

「子奇，不然我們要不要暫緩MAX的工作，讓你好好陪在伯父身旁，讓他心無旁騖，專心將身體養好，我也利用這段時間，先去跟我老爸住，多陪他一下。」

「你想搬回去青海會？」歐陽子奇終於從父親的病情中回過神來。

「只是暫時的，你去照顧伯父，我一個人在家也無聊，不如去青海會總部陪我老爸。」

歐陽子奇看著穆丞海，好半晌後，突然問他：「如果我爸的病一直沒好起來，你也還是打算繼續暫停MAX的工作嗎？」

穆丞海側頭想想，他跟子奇都不缺錢，基本上就算不工作，也餓不死，所以如果伯父的身體一直沒好，子奇多陪在他身邊也是應該的，畢竟身體健康比賺錢重要多了。

這樣想完，覺得沒什麼不妥的地方，穆丞海果斷點頭。

「那就這麼決定吧。」歐陽子奇突然站起身，「我有點累了，先回房間洗澡休息，晚安。」

不等穆丞海回應，歐陽子奇的房門打開又關上，接著發出上鎖的聲響。

穆丞海盯著自己還停留在半空中的雙手，掌心殘留著歐陽子奇冰涼的體溫，不知為何，一股空虛霎時湧了上來。

他甩甩頭，不習慣今天的自己如此太多愁善感，一定是因為知道老爸癌症末期的緣故，心情受到影響，只要好好給他睡上一覺，明天早上醒來就會沒事，依舊活力滿滿。

隔天，當穆丞海醒來時，歐陽子奇已經不在家了，打了手機，也是關機狀態，穆丞海記得兩人今天都沒有工作，猜想他可能去醫院陪他爸爸，不方便使用手機才關機。

不覺得有什麼不對勁，穆丞海又無憂無慮地回去繼續睡覺。

到了中午，子奇依舊沒有打電話交代去向，倒是接到一通胡芹給他的電話，說是有事商量，約了下午在寰圖娛樂大樓見面。

會這麼約，應該是要談工作上的事了，穆丞海起床梳洗，然後動身前往公司。

胡芹之所以會來找穆丞海，是為了說服他參加自己在A臺主持的靈異節目

《鬼影任務》的實境拍攝。

她先找了MAX的經紀人楊祺詳，楊祺詳告訴她，這個工作性質特殊，要問過穆丞海本人才能做決定，於是胡芹便打算直接撥電話約人出來面談。

「小芹，很謝謝妳之前幫我這麼多，可是如果妳是因為我有陰陽眼，才想邀請我的話，那我可能愛莫能助了。我現在已經看不見鬼魂，無法達到被鬼驚嚇的節目效果，或是告訴你們哪裡有鬼魂……」

「你的陰陽眼關閉成功了嗎？那代表你的生命危機也解除了對吧？恭喜啦！」胡芹罕見地不顧自己知性的形象，抓著穆丞海又叫又跳，由衷道賀，「其實就算你沒有陰陽眼也沒關係，因為有你和子奇參與，就已經是收視保證，看不看得到鬼魂，倒不是那麼重要。」

「你們也打算邀請子奇嗎？」

「是啊！畢竟觀眾都想看你們在一起，MAX分開，就覺得少了點什麼。」

胡芹本身也是MAX的粉絲，而且從他們一出道就開始關注，從沒間斷過，相當瞭解粉絲的心情。這期間她看著MAX的成長變化，也給予過不少幫助，因此這次想請MAX幫助拉抬收視率，穆丞海自然是盡力幫忙。

「我是可以啦！妳等我一下，我問問子奇的意願。」

穆丞海撥了電話到歐陽子奇的手機，這次倒是撥通了，響了幾聲後，歐陽子奇接起電話，穆丞海將胡芹的工作邀約告訴他。

「我想，MAX暫停工作前，就幫小芹這個忙吧，你覺得怎樣？」

「你覺得可以的話，我這裡也沒有問題，細節部分就讓小楊去安排吧。」

「好，我會跟小楊哥說。你現在人在聖心醫院嗎？」

「嗯，我爸正在做進一步的心臟檢查……他們出來了，晚點聊。」

「好，你先忙吧，掰掰。」穆丞海結束通話，回頭對著胡芹笑道，「子奇說他也可以，那合約的細節部分就麻煩再跟小楊哥談囉！」

「謝謝你，這次真的是幫了我一個大忙呢！」胡芹鬆了口氣，朝穆丞海淘氣地眨眨眼。

她的心裡正樂著呢！

張製作，你要的大咖藝人，我現在幫你找了MAX，這夠大咖了吧，看你要怎麼感謝我，哼哼。

「對了，剛剛聽你跟子奇的對話，MAX要暫停工作？」

「是啊，有些原因，所以要暫停工作一段時間。」

胡芹雖然好奇，但見穆丞海似乎沒有繼續說明的打算，她便不好意思追問下去。

「對了，小芹，如果你們想拍到驚悚畫面，衝高收視率的話，我倒是可以推薦妳一個人選。」穆丞海靈光一閃。

「誰？」

「薛畢。你們去找他來帶領團隊拍攝，肯定會有不少精彩畫面。」

「你是指關於薛導演的『那個』傳聞是吧。」胡芹聽出穆丞海的弦外之音。

「嗯，不只是傳聞喔，薛畢導戲的片場都是貨真價實的鬧鬼，沒有任何造假，而且攝影機不只拍得到，畫面還非常清晰。」這是曾有陰陽眼的穆丞海親身經驗，極力推薦。

聽起來很棒，完全符合他們這次企劃的需求，但想到薛畢那難搞的脾氣，胡芹撫額，「可是薛導演未必肯幫忙。」

「別擔心，妳可以這麼跟他說……」

穆丞海大方傳授祕訣，胡芹回去後立刻和張製作討論，彼此都覺得他教的方式十分可行，於是決定一同前去拜訪薛畢，請他來主導這次實境節目的拍攝。

「薛導，那個……」張凱能花了十幾分鐘，將節目構想簡單扼要地報告給薛畢聽。

張凱能在演藝圈待了二十幾年，很清楚薛畢的脾氣，只要在他面前說什麼神鬼的，鐵定挨他的罵，因此即使他們這次有備而來，此刻說話依舊戰戰兢兢，深怕不小心得罪薛畢。

萬一以後電視臺遭到薛畢封殺，沒辦法再請他來導戲，這個損失可能會害自己無法繼續在演藝圈工作。

「你覺得，我會答應幫你們做假嗎？」薛畢聽完後，果然肝火大動。

「絕對不是做假！雖然我們節目是以靈異做為主題，但其實宗旨是想求證那些傳言鬧鬼的地方是不是真的有靈異現象，是用科學的方法求證。」胡芹早有心理準備，立刻跳出來幫腔。

薛畢不以為然地笑了笑，這種包裝得漂亮的說詞他聽多了。

胡芹起了勸說的頭，張凱能連忙接著說：「包含這次的『陳家宅邸』也是，鬧鬼事件傳得沸沸揚揚，但是不是真有其事，從來沒人印證過。如果只是進去拍攝一個晚上，就算沒拍到畫面，有的節目也能推說是時間不對，所以鬼怪沒有出現。

「但我們不想這樣，我們的節目要拿出十足的誠意，要一連拍攝七天，要是七天都沒見鬼，那就能證明『陳家宅邸』根本沒鬧鬼了。」

「薛導不相信這個世界上有鬼魂對吧？」胡芹追問。

「沒錯。」薛畢驕傲地抬了抬臉，他就是一個無鬼神論者。

「那就請薛導來監督，由您把關，讓我們沒辦法做假。」胡芹看著薛畢，態度直率到接近挑釁，這也是穆丞海告訴她的方法，不要怕薛畢，他禁不起別人激，給他挑戰，他就會上鉤。

「你們在打什麼主意？」薛畢審視著眼前兩人。

張凱能他認識，跟他同樣是電視圈內的幕後人員；胡芹他也略知一二，電視圈少有的女性主持人，在這個男性主持人當道的演藝圈中，成就不比男性差。但這兩人平時與他少有交集，此刻在這裡說服他拍攝靈異節目，是他從未預料到的情況。

「就是話面上的意思，沒有其他特別涵義。如果薛導願意接下這份工作，也請薛導務必答應我們，秉持絕對公正，倘若真的拍到靈異畫面，也不能故意剪掉隱瞞，一定要完整呈現給觀眾。」

薛畢沉思了下，覺得這個提議頗有趣，「好，這次的工作我接下了，什麼時候開始進行？」

張凱能喜出望外，趕緊將完整的企劃書遞給薛畢，「實境拍攝的場地跟來賓基本上都已經接洽好了，就差薛導點頭，隨時可以進去拍攝。」

薛畢大概翻了下內容，立刻看出其中端倪，皮笑肉不笑地道，「不愧是打造出許多高收視節目的張製作，這個企劃你們是穩賺不賠嘛！」

看到參加實境拍攝的藝人名單上出現穆丞海和歐陽子奇的名字，薛畢就知道對方在打什麼算盤了。搭《復仇第二部：Robert篇》的順風車，就算沒有拍到靈動現象，光是有穆丞海和歐陽子奇的日常生活畫面，收視率一定不會低。

青海會本部靳騰遠的書房裡，一通直撥私人手機的電話，正以超大嗓門與靳騰遠「閒話家常」。

「藍卓里，你兒子的膽子真的很大耶！不是才剛因為陰陽眼，被你那無緣再做夫妻的可怕老婆韓綾給折磨得要死不活嗎？好不容易將陰陽眼關閉了，竟然沒記取教訓，還敢和歐陽子奇一起跑去參加靈異節目的實境拍攝？」

不同於在媒體面前的寡言孤傲，薛畢連珠砲地說起這次A電視臺《鬼影任務》實境拍攝的企劃。

聽完後，靳騰遠露出笑容，薛畢這個從學生時代開始就和他私交甚好的朋友，經過演藝圈的洗禮，個性還是一點都沒變，遇到事不關己的人事物就一臉漠然，但要是與他認同的人有關，就馬上變身成雞婆人士，大小事情都關照到底。

「真感謝你還花心思替他操心。不過，我記得你不是打死都不相信這個世界上有鬼神存在？」靳騰遠調侃道。

「我是不相信啊，但心理學專家做過研究，因為你們這些無知的人心裡相信，才會產生幻覺，以為真的看到鬼怪，自己嚇自己。這種嚇是會讓身體產生實際的生理反應，嚴重一點的話，心臟麻痺都有可能。」

靳騰遠不置可否地笑了笑，「丞海想做什麼事就讓他去做吧！他要去上靈異節目，我不會多做干涉，至於有危險的部分，我會幫他排除。」清亮的眼神看向坐在他對面，薛畢來電話前正與他討論事情的殷大師。

「你可以再繼續寵他沒關係，就看那小子會變得多無法無天。」果然是個孝順兒子的好父親啊！電話那頭的薛畢發出不以為然的哼氣聲。

但他也明白靳騰遠之所以會如此，除了原本就很疼愛孩子外，還有彌補穆丞海這二十年來缺少父愛的成分在內。

「丞海是個好孩子，他自己做事會有分寸。」況且他身邊還有歐陽子奇在，靳騰遠毫不擔心。

靳騰遠自己是過來人，就拿他和薛畢相處的經驗來說好了，有時候親人做得再多再好，都比不上好友適時的提點和幫助。

況且，這會兒不是還有一個嘴上不說關心的乾爹，一知道消息卻馬上打電話來通知他要替兒子排除危機嗎？刀子嘴豆腐心，說的就是薛畢這樣的人呢，說自己把兒子寵上天，他這個乾爹也好不到哪去。

「懶得說你們，就這樣，該傳達的我都告訴你了，我很忙的，再見。」

「是，感謝你的通知，大忙人。」

靳騰遠結束通話，嘴角因為薛畢那明明關心、卻又要假裝沒事的態度而微微上揚著，繼續和殷大師被打斷的談話。

稍早，他們正在討論韓綾的事。

韓綾的魂魄雖然被殷大師收起來，但那位隱藏在暗處幫助她的天師卻遲遲沒被找到。

青海會的勢力觸及黑白兩道，再加上殷大師在修道界裡的人脈，仍舊無法查出那名天師的真正身分，這說明了對方不論是道術或者是躲藏的功力都屬於上乘，而且對方還繼承了韓綾的遺志。

穆丞海的陰陽眼關閉後，以為自己已經沒有生命危險了，但實際上那位天師仍然不斷用術法攻擊穆丞海，是殷大師暗中替他擋下攻擊，他才能安然無恙。

「比爾打電話來，說丞海和子奇要去參加靈異節目的實境拍攝，地點是那個一直有鬧鬼傳聞的『陳家宅邸』。」

「那個慘遭滅門之禍的陳家？」殷大師皺眉，心裡升起不祥的預感。

「嗯，就是『三德會』的創會元老之一，陳則民的宅邸。」

殷大師低頭，掐指一算，極陰之地，極惡之人，復仇、血光、混亂，明處攻擊，暗處陷害，是凶險至極的卦象，連最後結果都是未知。

「不妙，幫助韓綾的天師也會參加這次的拍攝，絕對是衝著丞海而去的。」

聞言，靳騰遠的臉色陰沉下來，心中開始盤算。

現在要穆丞海臨時取消通告，只有用強硬的態度才有可能迫使他答應，但靳騰遠並不想這麼做。換個角度思考，他們現在遍尋不著那位天師，又要時時慎防對方的攻擊，難保長期下來不會有失手沒能護住穆丞海的一天，與其被動堅守陣地，不如趁這個機會，將對方找出來，徹底解決。

「殷大師，我想委託你一項工作。」

斬騰遠將自己的想法告訴殷大師，討論這方式是否可行，殷大師聽了，也同意這是一個好方法，以他多次和對方交手的經驗，自己的道行還是高一些，若是當面對決，他是絕對不會輸的。

有了共識後，斬騰遠立刻拿起手機，回撥給薛畢。

「喂——這裡是大忙人專線，有事快奏，沒事退朝。」

剛才好心打電話給斬騰遠，要提醒他事情的危險性，叫穆丞海那小子別去參加靈異節目拍攝，結果人家親爹根本不在意，害他這個做乾爹的反而有股拿熱臉貼別人冷屁股的感覺，掛完電話正埋頭生悶氣呢，現在斬騰遠打電話來，是突然想通了要跟他道歉嗎？

可惜斬騰遠打電話的目的，並非薛畢所想。

「比爾，我需要你幫我一個忙，跟A電視臺溝通，幫我安插一個天師的位置進去參加《鬼影任務》的實境拍攝。」

電話那頭的薛畢，直接罵了一句髒話。

Chapter 3

拍攝前請做好心理準備

《鬼影任務》靈異節目每集都會邀請三到四名藝人進行探險任務，此回是關係到節目存亡的大企劃，人數當然只能多不能少。

但一開始敲通告時，果然如助理朵莉菲所猜測，大部分的知名藝人一聽到拍攝地點是「陳家宅邸」，根本不敢接這個通告，尤其後來又聽說張製作有意找薛畢來執導，連原本還有一點點意願的知名藝人也紛紛表示拒絕。

朵莉菲為此煩惱到差點鬼剃頭，張凱能見狀只好妥協，點頭答應起用小咖藝人來充人數，於是朵莉菲找了幾個還算知名的網紅參加錄製。

後來還靠胡芹的面子邀請到MAX，也讓薛畢答應執導。

不知道是天不想亡他們，還是傻人有傻福，就在薛畢導演確定要執導後，竟然出乎意料來了個大明星王希燦主動聯繫他們，表明想要參與實境拍攝，那可是朵莉菲根本不敢發通告的天王巨星啊！

張凱能差點沒跪下來感激對方伸出援手，在最艱困的時刻雪中送炭，整個製作團隊更是抱在一起痛哭，真心覺得節目有救了。

薛畢、王希燦、MAX，陣容看起來頗有現正當紅的《復仇第二部：Robert

篇》的小縮影，再加上幾個有特色的網美，最後的出演名單簡直亮眼到不行。

除了藝人外，張凱能既然是以「凶宅內一定有鬼魂，而且要拍到個什麼驚悚的畫面」為前提，自然得多請幾名道行高深的天師加入，確保藝人們和製作團隊的安全。

邀請天師比邀請藝人容易許多，敢當天師的人自然是不怕進鬼屋，更何況自從靈異節目陸續收攤後，天師們苦無在電視上露臉的機會，一聽說要去赫赫有名的陳家宅邸，無不用盡管道毛遂自薦，想要爭得一個參與實境拍攝的名額。

張凱能苦心篩選，最後敲定的天師名單包括：以往時常穿梭在各大靈異節目，以替觀眾收妖、講解民俗禁忌為招牌的「趙老師」；風格神祕，不太說話，總是穿著全身紅的「江上人」；臉上笑容常駐，長得還算好看，作風親和但說話容易緊張的「羅修士」；個性迷糊可愛，擁有烹飪、手工藝、賣萌等多項優於收妖技能的「盧仙姑」。

當然，還有直到最後一刻才因薛畢介紹，加入拍攝陣容的「殷大師」。

對張凱能來說，這次的《鬼影任務》實境拍攝企劃真的是他當了二十幾年的節目製作人中最賺的一次！首先，陳家沒有收取出借宅邸的費用，那房子裡有水有電，布置豪華舒適，對不怕鬼的人來說，住在裡頭就跟度假沒兩樣。

再者，天師們為求曝光，幾乎只收基本的車馬費，殷大師更是分毫未取。而穆丞海和歐陽子奇為了回報胡芹的恩情，開價也不高，王希燦是主動要求加入，只意思意思收取點酬勞，通告費比照網美。

用這種總製作費低到只能在棚內拍個兩集左右的預算來拍攝七天實境，張製作晚上睡覺都在偷笑。

籌備過程先苦後甘，轉眼拍攝時間就在明日，眾人即將進駐陳家宅邸，進行為期七天，中途不得擅自離開宅邸的實境錄影。

為了拍到最真實的畫面，薛畢跟他的攝影團隊提早一天抵達陳家宅邸，在屋內各處設置好攝影機。

攝影機總共分為兩個部分，一種是會跟在主持人和藝人身邊，拍攝他們互動，並且用收音桿收音的大型攝影機，另一種則是他們正在架設的隱藏式攝影機。

薛畢架設隱藏式攝影機的位置，不會事先讓天師和藝人們知道，但會排除浴室和廁所一些會涉及隱私活動的場所。

當然，藝人們知道自己要參加實境拍攝，本就會自動自發避免在臥室內裸露或是在屋子裡做出什麼不雅、有損形象的舉動。

簡單來說，實境拍攝也是一種演出，既要讓觀眾們覺得那就是藝人們私底下生活的模樣，自然不做作，卻又不能完全流露出真正的本性。

「張製作，我已經按照你的建議，盡可能地在一些會出現鬼魂的地方裝設隱藏式攝影機了。七日結束後，要是拍不到任何東西也不能怪我，更不能要求後製靈異畫面。」薛畢將雙臂交叉在胸前，再次強調自己的原則。

「我瞭解，合約上說的很明白，薛導是來監督拍攝的真實性，替觀眾把關，當節目的公證人的，白紙黑字，我絕不會耍賴！」張凱能連忙保證絕不作假，就算薛畢不特地強調，這也是他做《鬼影任務》節目的原則。

「那就好。對了，我要睡哪間房？隨我自己挑嗎？」

張凱能點點頭，交談過程中，他眼神游移，不斷搓揉著自己的雙臂，一副很冷的模樣，就連他身邊的助理朵莉菲也顯得異常浮躁，不時東張西望，靜不下心來。

薛畢看著他們所處的房間，King-size雙人床，還是舒適高檔的記憶床墊，他記得剛剛在浴室裡有看到豪華的按摩浴缸，房間內的布置和燈光也很合他的口味，「這個房間不錯，我住這間沒關係吧？」

「當然沒問題。」

這個房間正是陳家宅邸的主臥室。其他人員的住房，製作團隊雖然事先已經分配好，唯獨主臥室和傭人房原本就沒安排住人，所以薛畢的選擇並不會影響分配。

「那就先這樣，薛導晚安，您好好休息，我們離開時會把大門關上鎖好。」

終於捱到把正事辦完，張凱能一刻也不想停留，趕緊跟薛畢道再見。

「咦？你們還要回去啊？」

「對、對啊……」張凱能說著，額上已經開始冒冷汗。

「敲定今天過來架設隱藏式攝影機時，不是說大家晚上就直接住下來嗎？」

薛畢不解。

明天一早就要拍攝，所以今天抵達的工作人員都將行李一併帶過來，準備直接住下，免得還要來回交通，浪費時間跟體力，怎麼張製作突然說要回去？

「我……還有一點事情要回公司處理。」張凱能支支吾吾，擔心薛畢會拖著不讓他們離開。

其實，他心裡是怕死了！

到達現場，在屋內晃了幾圈後，張凱能發現「陳家宅邸」比想像中恐怖很多，今天先抵達的工作人員少，而整個宅邸占地廣闊，走到哪都覺得陰森森的，講話還有回音，這種徒增心臟負荷的氣氛，當然能少住一天是一天。

薛畢看了一眼手表，已經快凌晨一點，從這裡到A電視臺至少也要兩個小時的車程，他怎麼不知道A電視臺有這麼血汗，非得要製作人在這節骨眼上回公司去處理事情？

「我、我也是！」見張製作要落跑，朵莉菲也跟著表態。

張凱能冷汗直流，衣服濕透，像是淋了場雨；朵莉菲也好不到哪去，嘴唇發白，整個身子骨微微顫抖。

薛畢終於看出兩人不是真的有事要忙，而是心裡害怕了，不敢留在宅邸過夜！

就說自己嚇自己，越嚇越毛，會讓身體真的有所反應嘛！

「好吧，那就慢走不送啦！兩位晚安，路上小心。」薛畢也不再為難他們，順手盤起頭髮，再從行李箱中拿出浴袍，吹著口哨往浴室走去，想在就寢前泡個舒服的澡，享受一下頂級按摩浴缸的功效。

「薛導晚安。」

離去前，張凱能回頭望了一眼房間。

這次進駐的人多，幾乎每個房間都分配了人住，至於主臥室和傭人房為何會沒分配住人，其中原因除了傭人房的設備比較差一些，怕被分配到的人有所抱怨之外，另一個更主要的原因，是這兩個房間死的人數都是複數。

他們製作靈異節目多年，自然明白死人越多陰氣越重這個道理。

張製作雖然想拍到驚悚畫面，但可不想把命賠上，或是在拍到畫面之前，就先把住進去的人嚇死。

至於薛導，既然他不相信世界上有鬼神，又喜歡主臥室，那就由他去吧。結果，見張製作和朵莉菲腳底抹油落跑，其他工作人員也不想打腫臉充胖子，硬著頭皮留下，最後只剩薛畢一個人住在「陳家宅邸」裡面。

薛畢在「陳家宅邸」度過相當好眠的一晚後，隔天早上約莫八點左右，工作人員和攝影團隊抵達，開始準備拍攝的前製作業，至於藝人和天師的部分，只要在十點前報到即可。

人變多，又是白天，多少驅散了些恐怖的感覺，加上陳家的建築布置美輪美奐，不少資歷比較淺的工作人員甚至忘了這裡是發生過滅門慘案的凶宅，還開心地到處閒逛起來。

反觀資深的工作人員，個個繃緊神經了。他們出入鬼屋的經驗多，知道許多禁忌，到處亂闖亂碰，若是白天不小心得罪好兄弟，晚上恐怕會被纏著無法安然入睡。

趁著大家都將注意力放在忙自己的事情上，工作人員紅心Q拉住另一名工作人員喵控躲到角落說悄悄話。

「妳有聽說嗎？胡芹姐利用關係，跟警局調到陳家血案機密檔案這件事。」

喵控搖頭，「不過這也不奇怪，胡芹姐對節目盡心盡力，動用人脈打探消息來增加節目精彩度也不是第一次了。」喵控看看四周，確定沒人注意到她們，壓低音量，「妳最近不是常跟張製作還有朵莉菲開會嗎？有沒有看見機密檔案的內容？我好奇死了，當初陳家血案鬧得沸沸揚揚，可是除了死亡名單之外，其他細節警方保密得徹底，說是因為陳則民是三德會元老身分特殊，為求早日破案，不便公開，裡頭到底藏有什麼祕密啊？」

紅心Q聞言，握著喵控的手力道不自覺加重，「我跟妳說，別說我沒看到檔案內容，連張製作都不知道胡芹姐有這份檔案。我是碰巧聽見胡芹姐和她的經紀人聊天，說以前不反對胡芹姐主持我們節目，是看胡芹姐對這種主題有興趣，這幾年來也沒出過什麼事，但看過陳家宅邸的機密檔案後，覺得這個主持工作還是太危險了，勸她趕快找個理由辭掉。」

喵控陷入沉默，神情陰暗，「……胡芹姐怎麼說？她真的會辭掉主持嗎？」

兩人和胡芹一樣，都是在節目草創階段就加入了，自是培養出一股革命情感，但這次牽涉到一樁尚未偵破的命案，發生的時間近，死亡人數又多，若胡芹萌生辭去主持的念頭也是無可厚非。

紅心Q輕拍著喵控的手，安撫道：「別擔心，胡芹姐就像我們所瞭解到的那般，當然是堅決反對啊！她說我們節目是她出道沒多久就接下的，有很深的情感，她還斥責經紀人偷看她的檔案，千叮萬囑不可以把內容洩漏出去。」

喵控這才如釋重負般地鬆了口氣，「胡芹姐沒辭自然是好的，但是她的經紀人向來精明理性，到底是什麼樣的檔案內容會讓她看了之後，力勸胡芹姐辭職？」喵控微微側著頭，絞盡腦汁猜測檔案的內容會是什麼。

「哎呀！別管這些了。」紅心Q擺擺手，「總之一切就照企劃討論的進行，還有，在陳家宅邸裡頭走動時小心些，千萬別落單。」

喵控用力點頭，她一踏進陳家宅邸就感受到非比尋常的壓迫感，早想提醒同事們，只是紅心Q比她早一步說出來而已。

另一頭，陳家宅邸的大門口附近，天師們和藝人們陸續抵達。

穆丞海是第一位報到的藝人，他在領完文件跟注意事項後，趁著還沒到十點前的空檔，隨意在宅邸內外閒逛，路上若遇到電視台的工作人員，便直接親切地打招呼，毫無明星架子，這舉動讓某些菜鳥受寵若驚。

雖然早有傳聞穆丞海十分親切和藹，但菜鳥因為資歷低，通常會被前輩故意派去難搞的大牌明星身邊，讓他們工作時總被那些高姿態的明星給虐得死去活來的，對穆丞海這種像神話般的傳聞，很多人聽聽就算，不當回事。

直到今天親眼看見，那崇拜直接昇華為對神一般的敬仰，難怪演藝圈內大家提到穆丞海總是讚不絕口。

逛著逛著，穆丞海來到陳家宅邸側院，看見這裡的人們三兩成群，小團體彼此間刻意保持距離站立著，看起來不像是工作人員也不像天師，應該就是今天會跟他一起工作的「網美」了。

所謂的網美，就是指在網路上開直播，因為某個特點被觀眾所記得，通常是美麗漂亮的女生居多，當然也有一些長相漂亮的男生被稱作網美，以突顯他們的美貌跟氣質更勝女生。

有時網美之間會因為某些原因，例如：比人氣、比美貌、比身材、對某事的立場不同等等因素，而在網路社群上互相叫罵起來，再加上其他表態支持與反對的網美進來淌渾水，理所當然地形成許多小團體，以壯大聲勢，或者互相取暖。

穆丞海平時不太有時間去看直播主的影片，只有一些特別好笑或是話題性強的，會有工作人員和好朋友特地傳給他看。

就例如，此刻在茉莉花叢邊的人群中，有位身材高挑的短髮女孩，就是穆丞海少數知道名字的。

她叫做方以禾，常在直播中模仿藝人，連豔青姐某次看到還稱讚她是個頂尖演員的料子，前陣子《復仇第二部：Robert篇》開播，她就在每一集電視劇播畢之後，在網路上實況模仿當天他所演出的台詞與動作。

方以禾裝扮起來的模樣，和穆丞海在《復仇第二部：Robert篇》飾演的AI機器人明的裝扮竟有九成相似度，更驚人的是她在直播中模仿穆丞海時的神韻與說話的口氣都模仿的維妙維肖，瞬間替她增加了數萬個追隨者，人氣因而衝高。

許多看過方以禾模仿的人特地標註了穆丞海的官方帳號，想讓他知道有這樣一名網紅存在。

穆丞海看過，也確實覺得對方模仿得非常厲害，趁著今天巧遇，他主動朝方以禾走去，與她握手，不吝惜稱讚她的模仿能力。

然而，方以禾的反應很不一般，她沒因穆丞海關注她的模仿而興奮大叫，也沒因穆丞海的稱讚而喜悅開心，更沒趁著穆丞海來找她的這個千載難逢的好機會，抓住穆丞海交換日後聯絡的方式。

她冷不防地湊到穆丞海的頸項邊，嗅聞著他的氣味。

穆丞海嚇得不輕，一動也不敢動，不明白方以禾此舉是何用意，閃進腦中的第一個念頭卻是慶幸還好自己出門前有先洗澡。

方以禾沒多久就往後退去，白淨甚至透著仙氣的臉上隱約展露出失望，一雙潑墨般的大眼沒有焦距，沉默著不說話，思緒似是陷入回憶之中。

穆丞海見對方遲遲沒有要開口的打算，自己支吾半天，終於找到可以破僵的話題。

「咳、咳……我可以問妳一個問題嗎？為什麼《復仇第二部：Robert篇》裡的角色那麼多，妳不挑其他人，卻挑我演的機器人明來模仿呢？」

方以禾回過神，不動聲色的調整了自己的氣息，心情恢復平靜，她用著真誠的口吻回答穆丞海的問題，「因為越純淨的內在，越簡單明瞭的演技，反而是越難模仿的。」

這是稱讚吧？

他又和方以禾討論了幾個關於演技的話題，在結束對話後，穆丞海打從心底認為這女孩真不錯，聊起來天自然又沒負擔，心情輕鬆愉快。

而穆丞海絕對不會承認，這與方以禾話中不時讚賞他的演技有關。

等到遠離方以禾之後，他終於忍不住，邊走邊低頭笑出聲，感覺飄飄然。

豔青姐說方以禾的演技好，而方以禾覺得自己的演技好，甚至把他視為學習與挑戰的目標，那不就等於豔青姐說他的演技好嗎？

穆丞海舉起手，掩去上揚的嘴角，不想讓旁人發現自己太得意忘形，卻在手心靠近鼻子時聞到一股香氣。

「這香味好熟悉……」這是穆丞海與方以禾握手時殘留下的，當方以禾靠近他時，他也有聞到這股香氣。

他不禁想起國中時院長帶領他們所背誦的一首詩——「一騎紅塵妃子笑，無人知是荔枝來」。

她身上有股淡淡的荔枝果香。

方以禾，果然是個很特別的女孩子。

就在穆丞海離開側院後，好幾雙屬於其他網美的眼睛同時瞪向方以禾，其中飽含的情緒，名為嫉妒。

胡芹剛到大廳報到完，行李都還來得及放下，就被心急的紅心Q和喵控各抓住一隻臂膀，架著她來到側院小角落講悄悄話。

「胡芹姐，聽說妳有一份警方的機密檔案，是真的嗎？」

紅心Q告訴喵控有這麼一份檔案後，兩個人討論掙扎許久，都無法壓抑下好奇心，超想知道那份檔案到底寫些什麼內容，竟然可以讓胡芹姐的經紀人驚嚇成那樣，於是，於是在上工開錄前賭上那萬分之一胡芹姐會答應的可能，拜託能不能讓她們看一眼。

「妳們……」胡芹假裝生氣，一手撐在腰間，一手來回指著她們，「又是哪個小兔崽子偷聽我跟經紀人講話的？」

瞧她的樣子，相處多年的紅心Q和喵控一眼就知道她沒真的生氣，於是竭盡所能地開拗。

「我的胡芹好姐姐，誰聽到的不重要，重要的是檔案內容有些什麼？」

「陳家宅邸真的有傳聞所說的那樣恐怖嗎？」

胡芹伸出雙手用力拍在兩個女孩的頭上，「給我聽好了，既然妳們都知道那是從警方拿來的機密文件，就好心點別再宣傳給其他人知道行嗎？害妳姐姐以後拿不到機密檔案就算了，就怕害了警察大哥被記過免職！」

紅心Q和喵控用力點頭。

「所以……」

「沒有所以。」胡芹狠心打斷她們想看檔案內容的期望，「反正可以讓大家知道的內容，之後我都會盡可能帶進節目中說明，妳們也用不著這麼心急，就讓姐姐在這邊先賣個關子吧。」

論霸氣，紅心Q和喵控可強壓不過胡芹，縱使她們有兩個人，此刻也只能在胡芹的「安撫」下，不情不願地點頭。

「好孩子。」胡芹對她們漾開笑容。

然而好心情一下子就沒了，因為她看見穆丞海主動去跟方以禾說話，惹來不少網美眼紅，暗地嘀咕的內容雖聽不清是什麼，但射過去的視線都充滿敵意。

她了解這些女人們在想什麼。

明明心裡恨不得立刻撲上去撕了方以禾，又必須在穆丞海面前保持良好形象，渴望能像她那樣獲得特別的關注，甚至纏住他增加自己的身價。

光是一個穆丞海就快讓現場的網美們隱約有爆發的跡象了，萬一等到王希燦抵達——不！還有歐陽子奇呢！她真擔心這個拯救《鬼影任務》收視率的企劃會從靈異節目變成聯誼節目再變成女子摔角節目。

她要怎麼在這些個懷有心機的女人中，找到她的主持節奏呢？女人多的地方是非多，尤其是想紅想瘋了的女人。

唉……她有預感，這次的主持工作鐵定會比過往累上許多。

胡芹撫著額回到大廳，未免出錯，想找張製作再次核對今日的拍攝流程，卻見歐陽子奇這時才駕車抵達，胡芹疑惑地多看了他幾眼。

她是MAX的鐵粉加後援會地下會長，消息靈通的她可沒聽說MAX這幾天有工作。再說歐陽子奇和穆丞海兩個人住在一起，往常也習慣一起到工作現場，今天怎麼了？

胡芹心思細膩敏銳，總覺得這陣子兩人之間的氣氛有點奇怪，但具體又說不上是哪裡不對勁，心裡擔憂他們，卻礙於要先完成主持人的份內工作，不好直接上前詢問，決定先默默觀察。

要長時間待在不知道哪裡藏有攝影機的屋子裡是挺累人的，每個人都必須先做好萬全準備。

有幾名網美和天師已經提早進入鏡頭模式，開始小心翼翼地注意起自己的表現。他們認為，雖然跟拍的攝影機還未出動，但隱藏式攝影機可能已經開始捕捉他們的一舉一動了，就怕自己一不小心出糗被拍到，變成網路上大家重複撥放的好笑畫面。

穆丞海雖然不會肆無忌憚地做出挖鼻孔或是摳屁眼的舉動，但也不想過得太拘束，更何況拍攝時間長達七天，要是在意這在意那的，生活起來多累人啊！就當作放七天大假，放鬆以對，這麼一想，這個拍攝只要在屋內走走晃晃就好，比任何工作都要輕鬆。

至於歐陽子奇，他平時優雅慣了，有沒有隱藏攝影機拍攝對他來說根本沒差，也就不將實境拍攝當作一回事。

王希燦就更不用說了，這個隨時隨地都能角色上身的戲劇天王，連續演個七天七夜不中斷也絲毫不覺得累，一派輕鬆地在實境拍攝中想怎樣就怎樣，就看他到時的心情想要呈現什麼樣子，完全沒有困擾。

比較麻煩的是那些網美，因為不可能七天都不卸妝，因此她們落入了兩難。要嘛就是為了長期著想，洗完澡卸妝之後就素顏見人；要嘛就是顧及形象，晚上改化較清爽的裸妝，等拍攝完後再保養。

相比之下，主持人胡芹並沒有這個困擾，她也是隨性派，就算不弄妝髮直接上鏡頭也沒問題。而且胡芹素顏的樣子很好看，還曾經被票選為素顏美女第三名，觀眾習慣看到她為了節目上山下海、渾身髒兮兮的模樣，覺得那種健康的氣息就是她的魅力所在。

等到所有人都抵達「陳家宅邸」後，張凱能將房間分配表發送下去，讓大家先把行李拿回自己房裡。

穆丞海的房間在二樓，歐陽子奇則住在他的斜對面。

看到這個分配，穆丞海本來想跟張製作提議，讓他跟子奇同住一間房就行了，反正MAX在外活動時也都是如此。當然其中也有些私心，也不知道為什麼，自從他提議暫緩MAX的工作後，和子奇聊天的機會變得越來越少了，彼此相處的氣氛甚至還有點尷尬。

他不喜歡一直這樣下去，如果實境拍攝的這七天和子奇睡同一間房，或許他們能在睡前聊一下天，改善相處的狀況。

但是在穆丞海開口提出要求前，歐陽子奇就逕自拿著行李上了二樓，往被安排好的房間走去，連看都沒有看穆丞海一眼，讓穆丞海就算想向張製作要求，也瞬間說不出口。

於是，兩個人就這麼分開住了。

而王希燦則是被安排住在歐陽子奇的隔壁。

等到所有人都將行李放好，張凱能將大家集合在客廳，由胡芹先為參與拍攝的天師及藝人們彼此做介紹，大家先互相認識一下，這個時候有一臺攝影機跟在他們旁邊拍攝。

鏡頭前，來賓們表面上一團和氣，互相握手寒暄，其實已經開始為了搶鏡頭而暗地較勁著。

Chapter 4

陳家宅邸（上）

說起「陳家宅邸」的血案，那是十幾年前的某天，黑道三德會的元老陳則民一家，包含傭人在內將近二十人，被發現全部陳屍在自宅內。

陳則民夫婦在當時社會是知名人物，因而造成極大的轟動。

陳則民的妻子劉湘潔是個非常美艷的女人，在十九歲時獲得全國選美冠軍，本來預計進演藝圈發展，卻出乎意料地在二十歲時嫁給歲數大她一整輪的陳則民。

他們結婚當時，陳則民還只是個遊手好閒的人，卻在短短半年內和好友創立三德會，此後聲勢如日中天，變得有錢有勢。

兩人總共育有三女一子，陳則民不只富有，夫妻兩人的感情也很好，孩子各個乖巧孝順，家庭和樂，是很多人羨慕的對象。

大女兒陳靜，遺傳母親的貌美，陳家血案被害時正值花樣年華；二女兒陳蘋和姐姐相差兩歲，比姐姐更加聰穎漂亮，只是天妒美人，在十六歲時就因病去世；至於陳家的小女兒陳寧，則是在陳蘋過世前五年出生的，是夫妻計畫外懷孕生下的孩子，跟姐姐們年紀差距大，自小體弱多病，鮮少在人前露面。

他們最小的兒子陳佑，則是劉湘潔想著既然都已經生了陳寧，乾脆再拚一胎男孩替陳家延續香火，拚了三年才生下，血案被害時陳佑才五歲。

這起命案的發現者，是早上固定會去接送陳則民到三德會總部的司機。他發現陳家大門敞開，心覺有異，入內後見到一具具屍體，立刻報了警。就在命案發生隔天，一名男子主動向警方投案，表示是他殺了陳則民一家人，但奇怪的是承辦的檢警都還沒起訴，該名男子就在拘留所內自殺了。

事後警方找到該名男子的就醫紀錄，發現他被醫生判定患有精神疾病，而陳家宅邸裡頭也找不到絲毫關於該名男子曾經出沒的證據，因此男子的嫌疑便被直接排除。

過了這麼多年，滅門血案直至今日仍未偵破。

有人猜測凶手就是那名投案的男子，有人猜測是陳則民在道上的死對頭找殺手來犯的案，也有人猜測凶手就是陳家的小女兒陳寧。

最後這個推斷不是沒有原因的。

一來是陳寧少露面，身分難免神祕，再來是調查發現陳寧有精神病史，最嚴重的時期甚至住過療養院。那間療養院叫做「慈護療養院」，自首投案的男子也曾經在那住過，只是兩人住院的時間差了四年沒有交集，也沒有更進一步的證據顯示兩人認識。

此外，從命案現場跡證顯示，陳寧死前手裡曾經抓著一隻被分屍的貓，她拖著半截屍體走回自己房裡，在走廊地板留下一條長長血痕，然後在自己房裡吞下超過百顆的安眠藥、鎮定劑等等十多種藥劑死亡。

這怎麼看都不像是一個正常小孩會有的行為。

不過，陳寧當時才八歲，身材嬌小，如果凶手是她，又要怎麼殺害全家？或者陳寧背後還有其他主謀或幫凶？

種種疑點都讓檢方不敢貿然將陳寧列為嫌疑犯。

陳家血案就這樣成為一大懸案。

十幾年後的今天，「陳家宅邸」雖然一直被外界傳言鬧鬼，卻不是間陰森森的廢棄鬼屋。

它或許陰森，但是屋況良好，陳則民的弟弟陳則義會定期請人打掃，如果不知道這裡曾經發生過命案的話，真心會覺得這是一棟建築相當豪華、住起來舒適宜人的宅邸。

而那些鬧鬼傳聞，除了是附近鄰居的繪聲繪影外，也有許多內容是來自於那些入屋打掃的清潔人員。

胡芹將這次《鬼影任務》的目的——驗證「陳家宅邸」是否真的鬧鬼，揭示給參與拍攝的所有來賓知道，接著便按照節目流程，帶領大家開始在「陳家宅邸」屋內走動，正式進行拍攝。

在場來賓或多或少都知道「陳家宅邸」發生過什麼事，不過命案詳情如何，就不是那麼清楚了。大家能確定的，頂多也就是警方在記者會上說明的那些刻意模糊化的資訊，舉凡後來媒體自行揭發的獨家、某某民眾說的爆料，大多是對案情的猜測罷了。

為此，胡芹在節目開拍前對「陳家宅邸」的滅門血案做足了功課，還千辛萬苦透過關係，從警方那裡拿到機密檔案。

透過研究當初沒有公布的調查報告，她知道宅邸內所有屍體分布的位置，也得到一些民眾所不知道的資訊。

見大家的注意力都放在胡芹的介紹，穆丞海輕手輕腳接近歐陽子奇，想挪揄他初次進入凶宅是不是很害怕。

「子奇……」

豈料他才剛湊到對方身邊，手都還沒搆到個邊，歐陽子奇「很剛好」地就挪動身體換了站立的位置，也不知道是有意還是無意，藉著王希燦隔開彼此，俊逸的臉龐從頭到尾直視著前方，表情看起來非常專注在聽胡芹介紹。

很好！又是這樣。

一次，穆丞海不以為意，兩次，穆丞海當是湊巧，但三番兩次這樣疏離，神經大條如穆丞海，也無法裝作不知道了。

他思忖，是自己無意間做了什麼白目的事情得罪子奇了嗎？

好像很有可能……

就算如此，有什麼不高興的地方就直說嘛！沒必要這樣若有似無地避著他嗎？讓人怪難受的。

穆丞海在心裡嘀咕著，歐陽子奇隱晦不明的態度，讓他少見地有對子奇發火的衝動。

尤其，當穆丞海看見王希燦非常順勢地把手搭到歐陽子奇的肩膀上，子奇非但接受他的觸碰，甚至縱容王希燦將下巴枕上去，而絲毫沒有要逃開的跡象時，穆丞海心裡的火燒得更旺了。

那可是專屬於他們MAX的動作啊！子奇怎麼可以……怎麼可以……

穆丞海更加篤定，歐陽子奇的冷漠絕對是針對他來的。

不是因為擔憂歐陽伯父的健康，也不是工作過於忙碌導致沒心情理人，他對別人的態度始終如一，唯獨對自己冷漠，甚至到了視而不見的程度。

在穆丞海惱怒之時，王希燦突然轉過頭來，與他四目相接，嘴角拉扯開的弧度形成比陽光還耀眼燦爛的笑容，那笑容散發出滿滿喜悅，讓人看了也會被感染，想跟著一起笑。

但穆丞海完全笑不出來，他清楚地感受到王希燦在炫耀，炫耀自己能跟歐陽子奇如此親近，順道嘲笑了穆丞海的窘境。

穆丞海緊握拳頭，臉色一陣青一陣白，非常想要打爛王希燦那張笑臉。

「這裡是陳家的廚房，據傳聞陳家人感情好，幾乎每晚都會聚集在這裡用餐，請各位老師們感應一下，是否有感覺哪裡不對勁？」

胡芹站在與大家面對面的位置，眾人的表情竟收她眼裡，她雖然一路介紹著陳家宅邸，卻也看見了適才那幕，並心細的發現穆丞海臉色的不對勁，於是刻意放大問句的音量，想喚回穆丞海的冷靜。

是啊，正在錄影呢！如果他這時候失控，子奇會怎麼想？不專業的工作表現，恐怕以後會更不願理他了吧。

穆丞海滿不情願地哼了聲，將頭擺回胡芹的方向，逼迫自己專注在錄影上。

胡芹不著痕跡地鬆了口氣，同時確認歐陽子奇和穆丞海兩人之間一定有問題！

她環視在場的天師們，腦中快速閃過她閱讀的警方資料。

他們所在的這間廚房，就是陳家女主人劉湘潔陳屍的地方，根據資料，她是在主臥室被勒斃，屍體遭到凶手支解，隨後被塞進廚房的超大容量冰箱裡。

要勒死一個大人，還將她的骨頭切斷分屍，這需要花多大力氣啊！光憑一個八歲的小女孩根本不可能辦到，因此胡芹是站在相信凶手並非陳寧那一派的。

胡芹對照過相片，現在廚房裡的這個大冰箱就是當年劉湘潔陳屍的冰箱，工作人員事先來勘查場地時，發現冰箱已經被清理乾淨，絲毫沒有半點血跡，而且竟然還插電使用，裡頭冰了很多生鮮食品。

據說陳則義每到哥哥的忌日那天，都會住進「陳家宅邸」來過夜，上個月的二十八日正是命案滿十三年的日子，冰箱裡的食物都還沒過期，大概是陳則義當時放進去的，其中不乏胡芹喜愛的昂貴甜點跟貴婦超市買來的高級食材。

但只要想到這冰箱曾經冰過屍體，胡芹便覺得胃部噁心，若真有人拿食材來烹煮成料理，她也會用減肥當藉口，推拒不吃！

「唉呀呀呀呀呀呀呀！」一陣突兀的驚呼聲，將眾人眼光吸了去，身材嬌小的盧仙姑踩踏著雀躍步伐，在電器之間穿梭，「這個廚房的設備真好，做料理很方便，還有大型烤箱呢！跟大家說一個小祕密，我最拿手的甜點是馬卡龍，只要是你們想得出來的口味，我都可以做唷！還有啊，不只是西式料理，中式料理我也有研究……」盧仙姑越講越起勁，聊起做菜整個欲罷不能。

幾個工作人員聽得津津有味，被盧仙姑的舉動和表情萌到都快忘記自己正在拍攝靈異節目，心裡直想著有沒有機會嘗嘗她的手藝。

有人率先出了風頭，趙老師不想落後，輕輕地咳了聲，見沒人理他，又狂咳了幾聲，這才讓盧仙姑停止分享她的料理經，轉過頭一臉擔憂的關心著那個快要咳出血的趙老師。

「唉呀！趙老師，你身體不舒服嗎？」

「咳、咳……因為廚房這裡比較陰，容易造成身體不適，尤其是對我們這種修練中的人來說，道行越高，對環境有沒有鬼魂存在越是敏感，無法輕鬆愜意地在這種環境中談笑風生。」

聽見「比較陰」這關鍵詞，工作人員皆瞪大了眼，不愧是老江湖的趙老師，三言兩語就把焦點搶過來，吸引跟拍的攝影師將鏡頭轉向他。

盧仙姑被趙老師暗指道行太低，真心的關懷全打了水漂，還把眾人的關注親自奉上，自然是不高興，但礙於剛開拍，為自己圖個大方形象，只能在心裡暗罵趙老師是死肥豬、糟老頭。

穆丞海蹙眉瞅著接在盧仙姑之後滔滔不絕的趙老師……啊！就是他！他想起來這個趙老師是誰了。

剛抵達「陳家宅邸」和趙老師打照面時，穆丞海便覺得他特別眼熟，但一時想不起來在哪見過，直到聽見他說話的語調才猛然憶起，這個趙老師就是那個曾經想騙他錢、謊稱纏著他的高中生女鬼小桃是他的祖先，要他拿出五萬塊來供養的斂財天師！

穆丞海將眼神投向殷大師，要論道行，他可不覺得趙老師的道行會高過殷大師，但是人家殷大師看起來也沒怎樣，就只有這個趙老師在假咳，可見事隔多年，趙老師依舊是個到處騙吃騙喝的神棍。

盧仙姑用不相干的料理經占用時間，趙老師也學她，扯著陰陽五行搏鏡頭，同樣隻字未提陳家宅邸。擔心拍攝跑了調，胡芹趕忙截斷他的發言，直接問道：「趙老師，這裡有什麼不對勁嗎？」

趙老師這才捏起蓮花指，東比西比開始煞有其事地分析起來。

「這個……死者一家人的感情並不好，尤其是陳先生和他的夫人劉女士，夫妻兩人時常為了大小事情爭吵，陳先生在外頭可能還有小三存在……」趙老師閉起眼，掐著指頭算，「還有，劉女士跟她的子女、公公的關係也非常、非常的糟糕，但是呢，她很想挽回丈夫的心，所謂要抓住一個男人的心，就要先抓住他的胃，因此劉女士常在這間廚房裡製作料理，她死掉之後，執念還留在這裡，唉～可憐枉死的靈魂，徘徊廚房不肯離去。」末了，還煞有其事地慨嘆搖頭。

聽完趙老師的說法，鏡頭外的工作人員被唬得一愣一愣的，似乎也能感受到那股惆悵。

穆丞海卻不以為然，夫妻失和或是家人吵架，這是很多家庭都會遇到的狀況啊，隨便說說都能說中個七、八分。

原來只要加點靈異因素進去，編編故事唬爛一下就能被稱為天師，那這個他也會啊，還不快來叫他一聲穆天師！

「謝謝趙老師的解說。」

見大家對趙老師堆起滿滿崇拜，聽得欲罷不能，盧仙姑不高興了。會上電視的命理界老師，長期以來處於陽盛陰衰的情況，盧仙姑一直是之中的顏質擔當，畫面有她出現就有收視率，哪個節目製作人不把她捧在手上當寶看待？但今天的受邀來賓有不少網美，盧仙姑相形失色許多，只好卯盡全力製造亮點。

但趙老師搶她鏡頭，太卑鄙了啊！

就算再想維持自己天真可人的形象，也終於藏不住心思地嘟起嘴，委屈的渾圓大眼噙著淚，像是下一秒就要大哭起來，胡芹敏銳地發現她的異狀。

不想才第一天錄影，就讓天師們之間有嫌隙，把場面搞難看了，後面幾天只怕會更難過，於是趕緊出聲安撫。

「盧仙姑，不知道我們有沒有這個榮幸吃到妳親手做的菜呢？」

見大夥兒的注意力又回到自己身上，讓盧仙姑的不快立刻煙消雲散，她開心建議：「那晚上咱們不要叫外送了，我來下廚吧！到時候攝影機要來拍喔！」

盧仙姑說完，大概也是想起這是靈異節目，不是美食節目，趕緊補充說道，「我會設法請這個屋子的女主人附上我的身，重現她當初在屋子裡為家人準備餐點的景象，讓大家可以更具體的知道這間宅邸內到底發生過什麼事。」

這話說的雖然好聽，但盧仙姑其實只是想在鏡頭前好好展現廚藝吧！

穆丞海在一旁腹誹著。看來不只趙老師，連盧仙姑也是神棍啊！

介紹完廚房，一行人浩浩蕩蕩來到一樓角落，一間坪數約三十幾坪的房間。

這房間除了兩面牆是完整的實牆外，其中一面牆是整片的落地窗，另一面牆也有半個牆面是透光的玻璃窗。

室內採光很好，靠牆的大型書櫃擺滿各式各樣的書籍，最特別的是窗邊的角落還有兩個吊椅，邊框是鐵製的架子，椅子部分則是由藤繩編製而成，上面鋪有柔軟的墊子。

若是在午後，推開窗戶，坐在吊椅上面，輕輕搖晃，邊吹著風邊看書，一定相當愜意。

不得不說陳家人真的很懂得享受。

穆丞海進到書房內時沒特別感覺不舒服，他望向殷大師，用眼神詢問他這間房是否乾淨，殷大師也用眼神回應他乾淨，不會有鬼來鬧，儘管放心。

「這裡是陳家的書房。」胡芹說著，剛要進一步介紹，卻被硬生生打斷。

「這間書房有問題！」又是趙老師，他突然大聲嚷嚷起來，「我感覺到了，有人在這裡被殺！」

看來是打算搶在所有天師之前表現，先發制人。

但趙老師的如意算盤，被胡芹打了臉。

「可是……根據警方的說法，血案發生當時，這裡並沒有出現屍體。」胡芹其實很猶豫要不要反駁趙老師的話。

怕說出來他老人家面子掛不住，一個拿捏不好，就惱羞成怒了，但她更擔心趙老師的錯誤資訊會讓看觀眾誤解真相，權衡之下，還是將實情說出來了。

「那……」趙老師一時語塞。

眼球在他的小眼睛縫裡左右轉啊轉，直到看見盧仙姑幸災樂禍的表情，激得他老臉不要，豁出去了。

「這裡可能是第一現場，屍體被拖到另外一個地方丟棄……我可以感受到這個房間裡的絕望！他在呼救！他很痛苦，很害怕，你們看！」誇張的語調配上大手一揮，指向窗邊的吊椅，「他就坐在那個椅子上，他希望我們可以超渡他，所以才晃動那張吊椅，放出靈界的訊息，讓我們知道他在那。不然你們說，沒有人坐的吊椅，為什麼會自己動起來呢？」

這次，工作人員的眼神裡就沒有崇拜了，反而紛紛感慨，難怪現在靈異節目都沒人想看了，趙老師演成這樣，也太假了吧！

上個場景穆丞海認出趙老師就是當初想要詐騙他的神棍，心裡已有舊恨存在，再加上眾人轉移時，他不死心又要去找歐陽子奇聊天，再度遭到漠視，心情整個跌到谷底，趙老師順理成章當了一回他宣洩情緒的對象。

只見穆丞海默默走到窗邊，將敞開的窗戶掩上，阻絕外頭的涼風吹進來。在他關窗之後，吊椅晃動的幅度越來越小，最後靜止不動了。

工作人員的眼神落在那靜止的搖椅上，再轉向穆丞海，露出一副「你好勇敢」的佩服表情。

趙老師在命理界雖然不是「德高」，但常年累月的經營下好歹也讓他稱得上是「望重」，說話有些分量，如果趙老師跟高層表明他不想和誰同臺，相信電視臺是會為了他去封殺對方的。

工作人員交頭接耳，猜測可能是穆丞海不靠接靈異節目的通告吃飯，背後又有青海會撐腰，所以看不慣趙老師的裝腔作勢，才站出來打臉吧。

穆丞海則是攤了攤雙手聳肩，故作無辜，「怎麼了嗎？我只是覺得有點涼，風吹的頭很痛，所以才把窗戶關起來。」

那動作不言而喻，吊椅會晃根本是風吹的關係，和靈異無關，趙老師說的話全都是胡扯。

大家清楚他要表達什麼，所以更加覺得這種「對著幹」的舉動好刺激。就連要維持拍攝順利的胡芹都一方面擔心現場會起衝突，一方面又期待會不會有好戲可看。

不過趙老師並沒有發飆，他鎮定地說：「你會頭痛，是這個房間的怨念所致，吊椅停止晃動，則是因為你的動作嚇到對方，他已經從這個房間離開，躲到別的地方去了。」

哼！臭小子，想弄我，你還太嫩。

哇咧！這樣也能扯，趙老師，算你厲害。

Chapter 5

陳家宅邸（下）

實境拍攝本日的第三個場景——陳則民父親的臥室。

位置就在書房隔壁，胡芹帶著眾人移動。

進入房間前，穆丞海被趙老師一把拉到鏡頭外。

不跟他把話說清楚，萬一穆丞海繼續使絆，難保自己不會被拆穿。

「臭小子，我有欠你錢嗎？」趙老師憤怒，卻怕別人聽見，認為他拿身分欺壓後輩，於是刻意壓抑著音量。

「您是沒有欠我錢，但是您曾經騙我錢。」穆丞海不以為然掏掏耳朵。

「哈哈！笑話，我趙某行得正坐得正，怎麼會行騙！」趙老師說得臉不紅氣不喘，可見他平時誆騙太多人，把騙過穆丞海的事給忘了。

「裝神弄鬼就是騙啊。」

「我哪有裝神弄鬼！」

「趙老師，你可真的看得見鬼魂？超渡得了亡靈？」

「我……」難道這小子真知道他的底？

「如果你真懂得點什麼，不如看看那邊的殷大師吧。」穆丞海比了比房間內站在一群天師後頭那位低調到不行的人，「我跟殷大師熟，你認為殷大師的道行會比你低嗎？人家說沒鬼時你卻說有鬼，正常人會信誰？」

趙老師並非完全都不懂的人，敢在命理界混飯吃，上節目露臉，自認有兩把刷子，只是拜師學藝時不那麼認真，見鬼渡鬼的能力是時靈時不靈，反觀那位沒見過的殷大師可不同了，渾身正氣，儘管低調，鋒芒卻是藏也藏不住。

穆丞海搬出殷大師，趙老師就不好回嘴了，關公面前哪有他耍大刀的餘地，憋著氣難受，瞟向穆丞海的眼神多了分怨懟，穆丞海突然覺得趙老師也挺可憐的，同是天涯淪落人，他給趙老師氣受，自己不也正被王希燦氣著嗎？

瞧那王希燦整路黏著歐陽子奇，彷彿他們才是搭檔一樣，王希燦站的地方往日可是他的位置啊！

輕拍了幾下趙老師的肩，穆丞海嘆口氣，也沒那麼討厭趙老師了，這舉動算是給彼此的安慰吧。

倒是被安慰的趙老師愣愣望著穆丞海率先踏進房間的背影，滿臉莫名其妙。

和宅邸的整體裝潢相比，陳家爺爺臥室的布置並不算豪華，傢俱都以舒適為主，溫度也保持在一個很適合睡覺的涼爽狀態，甚至可說是有點偏冷，像開著室內空調，但此刻的季節明明就是初夏，高掛在牆壁上的冷氣機也沒有運轉。

整個房間內最顯眼的部分，就是擺在中央的一張木製搖椅。

或許是附近沒有擺放其他東西的緣故，使得那張搖椅變得很顯眼，目光不自覺就會往它移去。

而且，跟書房的吊椅一樣，此刻它也是上頭無人，卻輕輕搖晃著。

穆丞海這次不認為是窗戶吹進來的風所造成的了，雖然確實有幾扇窗是開著的，但他實在是覺得這個房間詭異，一走進來，胳膊便泛起一層疙瘩，涼意自脊椎底部往上爬，渾身不對勁。

穆丞海頻頻用眼神探問殷大師，想確認這間房裡是不是有鬼魂存在，然而殷大師並沒有回應他，倒是眉頭深鎖，嚴肅地盯著那張木搖椅。穆丞海打了個激靈，看來這房裡似乎真的不太妙。

此時，天師們突然都不講話了，空間靜謐得恐怖，就連按照流程一進來就該先介紹房間背景的胡芹也抿著唇，喉頭乾澀，興起退縮之意。

從她看過的資料顯示，警方確實有在這間房裡發現屍體，死者就是陳家爺爺，在那張輕晃的搖椅上頭，慘遭凶手割喉，失血過多而亡。

「嘻嘻……」全身穿著招牌紅色大褂的江上人突然發出詭異笑聲，「找誰呢？要找誰呢？」

他悠悠晃到盧仙姑面前，「找妳？」把盧仙姑嚇得花容失色。

接著又走到歐陽子奇面前，「找你？」

歐陽子奇皺眉，往後退了一步，但他只是不喜歡有陌生人靠這麼近。

「還是找你？嘻嘻……」江上人最後停在羅修士面前，露出一副「啊，就是你了」的表情。

「別、別這樣嚇我，好可怕，我經不起嚇的……」羅修士一副擔心受怕的模樣，身體不斷往趙老師擠去，尋求保護。

據說羅修士是趙老師的師弟，兩人拜同一個師父學道術，近期才剛開始跟著趙老師上節目賺賺通告費，面對鏡頭還很生澀，不如江上人、盧仙姑他們有經驗。羅修士的膽量跟道行看起來也著實不怎麼樣，好在年紀輕，長相在這群老師之中算不賴，靠此累積了不少支持者。

「殷大師也在找呢！」江上人話鋒一轉，突然將茅頭指向殷大師，刺眼的紅在殷大師面前晃啊晃的，「你費盡心思，找到了嗎？嘻嘻……」

就穆丞海看來，那是相當挑釁的眼神和話語，讓他不禁懷疑江上人是不是跟殷大師有過節？只是他不明白江上人說的「找」到底是什麼意思？殷大師在找什麼嗎？

靳騰遠跟殷大師都沒告訴穆丞海之所以會來參加《鬼影任務》實境拍攝的真正目的，殷大師從進屋開始，就仔細觀察著每一個人，企圖找出幫助韓綾的那位天師，但是對方隱藏得很好，導致現在看起來是每個都有可能，也好像都沒可能。

於是殷大師決定賭一把，既然用道行觀察不出這些天師們的真正本領，那就用話語試探。

「江上人找到了嗎？」殷大師反問，語氣不卑不亢，眼神炯炯銳利。

大概是沒料到從頭至尾不說話的殷大師會回答，江上人明顯被嚇了一跳，張揚的紅色毬縮蜷曲，慢慢和殷大師拉開距離。

在廚房時是趙老師 diss 盧仙姑，書房時是穆丞海 diss 趙老師，此刻連殷大師都出來 diss 江上人了，胡芹霎時覺得心累，主持《鬼影任務》好幾年，從來沒像這次拍攝那麼失控。

就在穆丞海以為江上人也只是個虛張聲勢的天師時，退到搖椅附近的江上人突然一反龜縮，如換了個人般表情猙獰乖戾，高舉雙臂大喝：「找到了！」

然而，眾人屏氣凝神幾分鐘後，房內卻什麼事都沒發生。

而攪亂湖水的江上人，則像個沒事人般，又喚回嘻笑瘋癲的臉孔。

「那個……我們……往下一個地方出發吧……」胡芹見氣氛尷尬，拍拍手，趕緊催促大家移動。

人群裡抱怨聲四起，夾雜著對江上人表現的噓聲，胡芹選擇不去理會，她的心臟跳得飛快，今天到底是怎麼了？鬼沒出現半隻，倒是人鬥一場比一場精采。

其實，房間內並不是什麼事都沒發生的。

事後工作人員檢查隱藏攝影機的帶子，發現映照在牆壁上的搖椅影子，在江上人大喝之後——

浮現一個清晰的人影坐在上頭。

陳家宅邸有四層樓高，地坪十分廣闊，一樓有客廳、廚房、書房、陳家爺爺臥室以及數間傭人房，二樓則全是房間。也不知是不是陳家人好客，除了主臥跟小孩的房間外，二樓竟有多達十間的客房，讓人有種進入飯店的錯覺。

主要來賓也多安排住在這樓。

為了供大家上、下樓方便，主屋內在走廊兩邊盡頭各設有一組可四樓全通的樓梯。

一行人浩浩蕩蕩來到宅邸的二樓，胡芹按照流程領著大家往主臥室前進。

才剛踏入主臥室，趙老師又搶先說話了。

「你們看！這個房間還維持著有人住時的樣子！可見枉死的鬼魂還聚集在

這裡不肯離去，可憐啊～好可憐啊～」趙老師閉起眼，伸出手指抵在嘴唇前，比出噤聲的動作，他轉動著頭部，仔細聆聽，「水聲！有水聲！就在浴室裡！鬼魂的所在地！」

這次他可不是瞎掰，裝神弄鬼，而是真的聽見水聲。

不只趙老師，在場的人都聽見了。

浴室的門相當配合地在此時打開，《鬼影任務》節目的總導演薛畢，緩緩從浴室走出，他只在下半身圍著浴巾，露出皮膚白皙、肌肉卻相當精實的上半身，微捲長髮隨性披散，末梢還滴著水，

「啊！薛導抱歉，我們不知道你在洗澡，知道的話就不會冒失闖進來了……」胡芹嘴上雖然這麼說，卻打了個暗號給攝影師，要他趁機多拍一些薛畢出浴的養眼鏡頭。

攝影師和胡芹多次合作，默契好，馬上將鏡頭對著薛畢大特寫。

脾氣火爆的薛畢沒有因為眾人的闖入而生氣，反倒帶著似笑非笑的表情對著大家說：「你們觀光到主臥室啦，進度挺快的嘛！難道是在其他房間沒有遇

到靈動現象嗎？」酸溜溜的語氣，心裡對這群天師充滿鄙夷。

哼！一群騙吃騙喝的神棍。

薛畢是昨晚臨時決定這七天要睡主臥室，張凱能來不及告訴胡芹，今天一忙也忘了，導致不知情的胡芹沒先知會薛畢，就按照原定計畫帶著天師和藝人們進入主臥室拍攝。

王希燦在此時朝薛畢吹了幾聲不正經的口哨。

他之所以會主動要求加入《鬼影任務》的拍攝，就是衝著薛畢那特殊體質來的，偏偏整路只看到一堆號稱是天師的人在搶著表現，演技爛到他都快看不下去了。除此之外，根本沒發生什麼驚悚的靈異事件，心裡正覺得無聊，薛畢裸上半身的畫面，總算稍微滋養了他快枯竭的心靈。

「沒關係，請自便，各位大師們就看看哪裡有問題，儘管告訴我，我會請工作人員在那些地方多架些隱藏式攝影機。」

見薛畢完全沒打算穿上衣服或迴避拍攝的打算，房間四處可見薛畢的私人物品，胡芹也不好繼續待著。反正今天只是帶領大家走過場，招魂等靈異實驗都安排在往後幾天，有拍到美男出浴的養眼畫面，主臥室部分也算可以交差啦！

隊伍來到宅邸三樓。

與二樓的設計類似，三樓同樣是一條長走廊連接兩座樓梯，走廊兩側有數個房間。

薛畢的特殊能力終於開始發威了。

這層樓的走廊鋪有長絨毛厚地毯，穆丞海看到地毯上的毛不斷凹陷、恢復，而且位置一直移動，就像有個透明人踩在上頭走動一樣。

王希燦也發現了，眼睛為之一亮，他輕拍歐陽子奇的肩，示意他去看那奇景。

他們一行人正往前走，那個凹陷的移動方向卻是與他們相反，擦身而過，往他們來的方向走去。

果然有薛畢在，就算沒有陰陽眼，也會在拍攝現場發現不對勁。

穆丞海的呼吸變得有些急促，拍攝之前他不是沒做過心理準備，找薛畢來還是他建議胡芹的咧！只是啊，之前在《復仇第二部：Robert篇》片場看到的鬼魂都沒什麼惡意，但這裡是死了好幾個人的命案現場，怪現象的出現感覺比片場的多了分恐怖。

握住脖子上那條母親留給自己的項鍊，穆丞海告訴自己，不要緊的，有殷大師在，怕什麼呢！

「這間是陳家小女兒陳寧的房間。」

柔和的淡粉紅色牆面，白色成套的傢俱上有小花樣式布料與蕾絲做點綴，到處是可愛的裝飾，很典型的公主風。最特別的是，其中一面牆釘了個四層大高櫃，上頭擺滿各種布偶，為了讓小孩子方便拿取上層的布偶，還特地做了一個步距較小的梯子放在櫃子旁。

看似溫馨童趣的房間，卻在胡芹接下來的話語揭露後，令人毛骨悚然。

「陳寧很喜歡布偶，喜歡到把布偶當成真正的人類，與它們交朋友、說話聊心事。據說，她從未丟棄過任何她得到的布偶，還將它們……」胡芹走近布偶牆，拉起其中一個布偶的手，只見上頭用粉紅色的繩子與另一個布偶的手綁在一起，「這裡每個布偶的手，都被陳寧用繩子綁起來，一個接一個……」

在醫生的診斷書中，將陳寧的異常行為歸為強迫症、思覺失調症、強烈控制欲等複合性精神疾病的表徵。

奇怪的是，不論是當時醫生找陳則民夫婦來協助問診的紀錄，或是案發後警方的調查，都找不出陳寧會如此的成因。

陳則民雖是黑道分子，但基本上家庭圓滿和睦，宅內每個人相處融洽，陳寧無論是在學校或家裡都無受虐跡象。

有一段診斷紀錄是這樣寫的——

患者會將布偶的手綁起來的行為出現在七歲生日過後，那年的生日禮物中，患者共收到三個布偶。患者母親是最先發現患者此習慣的人。一開始也不是全部的布偶都綁，綁的布偶也沒有共通性。患者母親曾以「布偶的手會痛」為理由和患者溝通，希望患者停止該行為，但患者靜默不語。隔日患者母親主動將布偶手上的繩子全解開，患者發現後並無哭鬧、歇斯底里等過激反應，只是默默地又將繩子綁回去。這樣的拆綁行為反覆三次後，患者母親因不知怎麼做對患者較好，而帶患者前來就醫……

穆丞海站在人群的最後頭，仔細聽著胡芹解說，眼角餘光瞄到背後似乎有個影子，以一種不太尋常的速度靠近。

他不經意地回頭望了一眼，瞬間有種血液凝結的錯覺。

一名披頭散髮的小女孩，頂著蒼白無血色的臉孔靠近他們，她的手裡抓著一個只有半截身體、沾滿血紅的貓布偶，紅色液體和敗破的棉花隨著她的步伐不規律地落下，在地毯上拖出一條痕跡。

穆丞海看了第二眼就看出那小女孩是由人假扮的，但就算知道，看著那畫面還是令人寒毛直豎，不只他這麼覺得，所有發現的人都屏氣凝神，靜靜地看著小女孩移動，不敢說話。

小女孩走進陳寧的房間，在柔軟的粉紅色床鋪躺下。

「這是模擬陳寧當年被發現時的樣子。」胡芹對著鏡頭解釋。

要做這種模擬，幹嘛不先告知他們啊！讓大家做好心理準備，也比較不會被嚇到嘛！

還是說拍到他們尖叫竄逃的模樣，也是原本的計畫？

穆丞海不禁腹誹。

幸虧他以前見過不少類似的驚悚畫面，長期訓練下來，至少勉強能夠維持表面上波瀾不驚。

子奇呢？他有被製作單位安排的惡趣味嚇到嗎？

穆丞海關心地看向歐陽子奇，發現對方也正看著他，兩人短暫四目相接，歐陽子奇立刻撇開頭。

什麼嘛！連和他對上眼都不願意嗎？

想對眼的人不理他，不想對眼的王希燦反而直衝著他笑，更可惡的是他的手從頭到尾都沒離開歐陽子奇的肩膀過。

是怎樣？手有毛病還是全身骨頭斷光？好好站著很難嗎？一定要這樣像個討厭鬼巴著子奇不放？

穆丞海想起T臺主管曾經對他們說過的話：

「MAX合體給人家的感覺太強烈了，不管是看到子奇和別人合作，或是看到丞海和別人合作，就會覺得哪裡不對勁……」

會嗎？穆丞海心想，他現在就覺得歐陽子奇和王希燦站在一起的畫面挺對勁的啊，哼！

像個小孩子般鬧著彆扭，穆丞海撇過頭故意不去看他們，自顧自生著悶氣。

這時，拍攝現場突然發生狀況，中斷胡芹的介紹。

只見兩名網美突然跪坐在地，穆丞海認識其中一位，叫做林柔庭，常在直播中針砭時事。

穆丞海看過她的直播幾次，起先覺得她不只長得美也很有內涵，論述起事情很有邏輯，談吐大方穩健，讓同為常要面對鏡頭說話的穆丞海很佩服，只是林柔庭每次直播時都會有產品置入。

直播時業配倒也無可厚非，畢竟有些人就是靠廣告收入支撐生活，只要能夠拿捏好法律和道德規範，觀眾願意看就好。

林柔庭就是因為後來置入太多商品，批判時事的立場也因廠商的背景變來變去，漸漸得穆丞海就沒興趣關注她的頻道了。

另一位網美穆丞海不認識，開拍前聽胡芹介紹，似乎叫做珊卓拉。

兩位網美表現得像是被製作單位所安排的陳寧橋段嚇得不輕，才會癱軟在地。

然而林柔庭穿著裙子，好巧就翻掀露出白皙大腿和底褲走光，珊卓拉的上衣胸口則是低到不能再低，還在鏡頭轉向她們時刻意向前彎腰傾身，胸前大片春光呼之欲出，穆丞海害羞得立刻別過頭。

林柔庭見珊卓拉使出大絕，用露胸來輾壓她的露腿，不甘示弱直接揪住離她最近的穆丞海的褲管，嬌聲道：「丞海，我腿軟站不起來，可以扶我一把嗎？」

穆丞海遲遲沒有回應，更慘的是，林柔庭發現他的注意力根本不在自己身上。

方才為了躲避珊卓拉的春光，穆丞海轉頭，正好瞟見方以禾以一種奇怪的神情瞪著陳寧房內的那一大櫃玩偶。

林柔庭見穆丞海沒理她，便順著他的眼神移動，發現他竟然看著方以禾，氣得咬牙切齒，理智線瞬間斷裂。

老愛搶她風采的珊卓拉固然討人厭，但被穆丞海特別對待的方以禾更是女人們的公敵！

不過就是個剛剛竄起的新直播主嘛！粉絲人數還不到她的百分之一，長相頂多算清純，身材也還好，前不凸後不翹的，她才不信自己的魅力會比不過這種隨處可見的小咖！

林柔庭才剛想有所動作，珊卓拉卻先她一步衝向方以禾，連掩飾都不掩飾了，直接伸手揪住方以禾的頭髮。

「妳這個賤人，到底是給穆丞海下了什麼蠱？」

那憎恨的模樣，彷彿要親手將方以禾撕裂成千萬碎片才甘休，林柔庭終於想起來珊卓拉常在直播中表明自己很喜歡穆丞海，原以為那是想藉著穆丞海來提升自己的知名度，看來恐怕有幾分真心在裡頭。

好吧，念在她和珊卓拉也算是「互相幫襯的好姐妹」，就順手替她出口氣，教訓一下方以禾好了。

林柔庭搶在大夥兒跟前，第一個來到方以禾和珊卓拉身後，嘴裡雖嚷著：「別打、別打，有話好說嘛！」一副是要勸架模樣，結果伸出的手卻不是要把她們分開，反而奮力一推。

珊卓拉穿著鞋跟極高的鞋子，拉扯中本就重心不穩，被林柔庭如此一推，整個人往前狼狽跌去，即便如此，揪著方以禾頭髮的手也沒鬆開，結果兩人就這樣抱著一起撞向陳寧堆滿布偶的櫃子。

一瞬間，布偶掉落滿地，牆面甚至被撞出個大洞。

眾人驚愕地看著那個洞，因為牆的另一面，竟然有個小密室。

Chapter 6

表象與潛藏的祕密

櫃子原來不是靠著實牆而做，陳寧的房間與密室只隔著一片厚度不到一公分的薄木板，因此當方以禾和珊卓拉撞上去時，木板輕易就被撞破了。

不似陳寧房間的溫暖色調，小密室內只點了幾盞昏黃的燈，微弱的光暈映照著擺在中央的唯一傢俱，那是個木桌，常被用來供奉祖先神明的那種，一棵高約三尺的詭異樹木被種在盆栽裡，就擺放在那木桌上。

小密室絕對容不下此刻在陳寧房間的所有人，鏡頭外的張凱能頻頻向胡芹使眼色，要她帶領攝影團隊進去拍攝，不過胡芹假裝沒看見，遲遲不肯行動。原因除了這個小密室並未經過製作團隊事先勘景，怕有危險外，最重要的還是連警方的調查資料中都沒記載到有這間密室。

如果裡面有什麼破案的關鍵證據，他們進去，恐怕會破壞現場。

胡芹尚在猶豫，倒是有幾個人先行動了。

首先是從地上爬起來的方以禾，她稍整儀容，發現右腳鞋跟在混亂中弄斷，乾脆直接脫掉兩隻鞋子，率性地赤腳跨過木板牆，從那個被她們撞出來的洞進入密室。

當她的腳著地時，步伐一拐一拐的，似是扭傷了踝部。穆丞海見狀，想也沒想，立刻跟進去，伸手扶住她。

此舉徹底打翻了珊卓拉的醋罈子。

穆丞海注意方以禾已然令她不悅，這下兩人還當著她的面靠得如此近，珊卓拉也顧不得小密室裡是否危險，便要跟著跨進去，絲毫不受腳底那細跟高跟鞋的影響，拽住穆丞海的一隻手臂，快要從衣服裡蹦出的酥胸更是霸氣地貼上去。

「哇，丞海好受歡迎喔，而且都是艷福耶！之前不是連國際巨星茱麗亞都為了找他一起拍電影，帶著整個劇組遠道而來嗎？」王希燦大聲嚷著，「子奇，這樣你就不用擔心丞海一個人無法在演藝圈生存了。」

王希燦話說的誠懇，其他人聽了都認為他是在稱讚穆丞海的高人氣，只有穆丞海覺得這番話好刺耳，懷疑王希燦打著壞主意，要搶走他在MAX的位置，叫他單飛，自己和子奇組團。

他好想對王希燦大喊——不管如何他絕對不會退讓！

但當他的眼神對上子奇的眼神時，子奇竟然又把眼神調開了。

穆丞海愕然，這……是表示子奇也有和王希燦一樣的想法嗎？那頭王希燦的奪位威脅尚未解除，這頭的麻煩也不小。

他和方以禾、珊卓拉三個人這樣串成一串，移動能力比玩兩人三腳還慘，方以禾怒瞪穆丞海，後者笑得很無奈，只好轉頭對珊卓拉說：「妳可以先放開我嗎？以禾的腳扭傷了，我必須替她包紮。」

心儀的人都誠懇地請求她了，珊卓拉只好不情願地放開手。

方以禾會受傷確實和她有關，暫且就大方一點，當個乖巧的賢內助，不阻止丞海替她包紮了。

「其實我不用……」方以禾本要拒絕，但穆丞海先一步強迫她坐在地上，小心翼翼抬起她扭傷的腳，過程非但沒有弄痛人家，還貼心地脫下外套蓋住方以禾的大腿，避免走光。

「院長說過，扭傷放著不處理，還到處走來走去的話，會變得很嚴重喔！」穆丞海邊說邊將自己的襯衫撕成長條狀，動作俐落地將方以禾的腳踝纏繞固定。

在育幼院長大的過程中，只要有小朋友受傷，他就會主動幫忙大人進行急救包紮，對固定扭傷算是熟能生巧了。

其實就算放著不管也沒關係，再一點時間就會自己復原，但是方以禾還是由衷道謝：「你真是一個好人，心靈也比任何人更純淨無瑕。」

方以禾莞爾，嘴角勾出燦動靈光，讓一旁的珊卓拉看得很不是滋味。

哼！假清高的綠茶婊，終於露出狐狸尾巴了吧，妳就是想勾引我們家小海，才故意扭傷自己的！

這時，殷大師也跨過木牆進來了，但他不是關心方以禾的傷勢，或是在意這密室有何不對勁，他自衣帶內掏出一張黃色符紙，以食指和中指夾住，突然厲聲斥問方以禾：「妳混入的目的是什麼？」

「其實這個房間根本就沒……」

見有天師行動，總是在幫自己找出場機會的趙老師亦不甘落後，想進去密室分幾個鏡頭，只是他撐著肥胖的身軀，辛辛苦苦移動，一腳才剛跨過木牆上的洞，就被殷大師斥喝。

「退下！」

趙老師的身體僵在跨洞的過程中，好生尷尬，但因為殷大師的氣勢太凌人，他又沒膽違背，只好困難地縮回陳寧的房間，嘴上小聲嘀咕：「什麼嘛，你行你厲害，也用不著把風頭都搶走啊……」

「我無意生事。」方以禾放柔了表情，眉梢間的靈動襯得她仙氣更濃，「只是想尋找故人才來到此地，望大師高抬貴手。」她誠懇回應殷大師的質問。

穆丞海看懵了，這就是方以禾平時的模樣嗎？不模仿別人的時候，舉手投足間給人一種古人的錯覺，還是出身名門的大家閨秀。

受到言靈的約束，離成仙只差一步的修練者是無法說出謊話的。確認方以禾不會對穆丞海造成危險，殷大師收回符紙，再次叮囑：「既然故人已見，還望謹遵所言，莫要生事。」

殷大師轉身回到陳寧的房間，安靜退至一旁，就如同他參與實境拍攝以來一直的模樣，寡言不出風頭，除非胡芹主動問他問題，才會回應兩句。

僅僅是簡單的動作，幾句話，就讓少根筋的羅修士以及老是狀況外的盧仙姑看出殷大師的不一般，但他們的道行都還不夠，看不出方以禾非人類的身分，趙老師其實比他們兩個還厲害，只是心思這會兒全在計較自己的鏡頭被搶了多少。

至於江上人，他的表情在瘋癲與猙獰間來回抽換，目光緊瞅著密室裡那棵植物和方以禾，一道神祕的聲音不停誘惑著他，他要得到！兩樣都要！

胡芹帶領攝影師進入密室拍攝，反正大家這樣進出，該破壞的跡證也都破壞光了，出於忠實報導與自身的好奇，她也很想知道密室是拿來做什麼用的？裡頭那棵詭異的植物又是什麼？

「我們在拍攝的過程中，意外發現陳寧房間內還有一個小密室。」胡芹對著鏡頭解說，並示意攝影師將畫面帶到密室各個角落，「這間密室並沒有刻意裝潢，牆壁是沒有貼皮的陽春木板。」胡芹摸了摸牆面，再輕輕敲打，「木板後面是實牆，但礙於警方跟屋主都沒有提到這間密室，我們無法自作主張將木板拆卸來看後方是否還有東西。」

胡芹朝鏡頭招手，要攝影師特寫桌上的植物，「這一棵，唔……看起來像是樹的東西，被放在密室正中央，樹枝上沒有任何樹葉，只有結了好幾顆像是果實的東西。」胡芹摸著盆子裡種樹用的東西，「摸起來像是沙子……這麼靠近一聞，有一股香味，好像……」

「荔枝香。」

穆丞海朝桌子走去，在密室外頭還聞不到這個味道，但一進到裡面，清新的香甜味就很明顯了。這股熟悉的味道他不會錯認，說來也奇怪，雖然都是荔枝香氣，他卻很篤定地知道，這並不是普通的荔枝香，但跟方以禾身上所飄散出來的香氣是一樣的！

「沒錯，是荔枝的香味。」胡芹將臉湊近植物的果實，原本密室的燈光不夠亮，此刻靠著攝影團隊打燈，終於可以觀察果實的樣子。

和荔枝的外貌有些相似，都是圓圓一顆，呈現暗紅色，表面有凹凸的不規則塊狀紋路，不同的是，這個奇怪果實比較小，尺寸大概像平時飲料所喝的珍珠那般，一顆顆附著在枝幹上。

「小芹，妳看，妳不覺得這個長得很像荔枝的果實很神奇嗎？明明表面就粗糙乾燥，盯著看久了，又覺得上頭好像會滲出鮮紅的液體，飽滿濕潤，嘗起來會很美味一樣。」穆丞海改了好幾個角度觀看，最後伸手探向其中一顆果實。

「別吃！」方以禾突然抓住穆丞海的手，制止他的舉動。

穆丞海並不是想吃，他只是好奇果實摸起來的感覺，眼睛看見的紅色液體到底是真實還是錯覺。

「連碰都別碰！」方以禾的神態有些緊繃。

「以禾知道這是什麼植物嗎？」胡芹問。

小海說的液體她也看到了，原本以為是自己眼花，或者是攝影照燈加上室內燈光互相影響所產生的效果。

但見方以禾的反應，顯然這其中有他們不知道的蹊蹺。

方以禾咬著下唇，欲言又止，最後索性撇下他們離開密室，「總之，別吃別碰。」

而她踏出的步伐，早已沒有任何扭傷的跡象。

「嘖，裝什麼神祕。」珊卓拉對著方以禾的背影猛翻白眼。

密室外，大家七嘴八舌地議論著，方以禾到底真知道那植物是什麼嗎？還有沉默寡言的殷大師為何會突然對她態度丕變？

趙老師則是堅持這一定是殷大師和方以禾事先講好的表演橋段，目的就是要搶走鏡頭，成為焦點，要大家不要被騙，隨之起舞。

胡芹眼見局勢似乎有一發不可收拾的態勢，連忙指引攝影團隊撤出小密室，雙手一拍，帶領大家往下一個地點前進。

在大家都離開後，殷大師則脫隊留下，在密室的破洞入口處，悄悄地施了些法術。

陳寧的臥室是今天預計拍攝的最後一個室內場景。在拍完意外發現的小密室後，整組人馬便移師到屋外，拍攝陳則民被發現屍首的地方。

「這裡是車庫。」

車庫的設計很典雅，鐵欄杆刷上白色的漆，結合了巴洛克式風格的圖案，組成高約三米的大型花棚，開滿不知名紫色花朵的藤蔓攀爬其中，花棚上方鑲有一片透明罩，用來避免落花枯葉掉下來弄髒車子，底下足以停入三輛轎車的空間，目前停了一輛寶藍色房車與一輛紅色跑車。

根據警方的鑑識紀錄，陳家血案發生的時間大約是在凌晨兩點，全家人正熟睡的時刻，陳則民和劉湘潔遭受襲擊的地方是在主臥室，凶手使用鈍器先將陳則民擊暈，但臥室並非他的死亡地點，劉湘潔被勒斃並且分屍後，凶手將昏迷的陳則民移到車庫，塞進寶藍色房車的駕駛座，用一把鋒利的刀劃開他的肚子，導致腹腔內的臟器、腸子全流了出來，最後氣絕身亡。

由於陳則民的身分特殊加上死狀太過悽慘，警方當初並沒有對外公布細節，即使知道內情的記者，也在三德會的壓迫之下，不得不將陳則民死狀的報導撤除，以維護他的尊嚴。

也就是說，參與拍攝的天師們如果沒有刻意去探聽，是不會知道陳則民如何身亡的，這也成了製作小組拿來試驗天師們能耐的第一道題目。

「請各位大師們進行感應，凶案發生當天，車庫裡到底發現了誰的屍體，又是怎麼身亡的？」

聽見胡芹這麼說時，除了殷大師以外的四名天師心裡各有著大小不同的驚訝，因為一般他們上靈異節目，製作單位通常會先跟他們討論好腳本，只要做出效果便行，別說根本沒有像《鬼影任務》這樣不先彩排的實境拍攝，還連線索都不給，直接拿具體的題目考驗他們。

趙老師的眉頭深鎖，陳寧房間他已經錯失當英雄的機會，讓那個殷天師出盡鋒頭，這會兒……嘿嘿！殷天師不在呢！他可要好好把握了。

只是……發現了誰的屍體？又是怎麼身亡的？這可不是隨便糊弄幾句就能帶過的呀！

這回趙老師學乖了，沉住氣，閉起眼，手捏蓮花指，認真感應起來。羅修士有樣學樣，也跟上師兄的腳步，進入感應模式。

至於盧仙姑和江上人，前者緊張的咬著指甲，一時還沒對策，後者直接將紅色大褂一揚，索性在地上打起坐來。

穆丞海看著眼前的天師們，實在好奇有幾人是真本事，又有幾人是裝腔作勢。

突然，周圍颳起一陣詭異的風，捲起漫天紫色花瓣，朝穆丞海撲面而去。他下意識地抬手擋在瞇起的眼睛前，褪去襯衫只著一件輕薄 t-shirt 讓他在接觸風時覺得有些冷，身體微微輕顫。

頃刻間他看不清四周的景象，不只如此，人們的說話聲也離他越來越遠，直到一個歡愉的笑聲自他身後傳來，劃破包圍著他的混亂，狂風嘎然而止，穆丞海沒注意到花瓣消失了，周圍的景致也不是原來的景致。

他被笑聲吸引，是從背後的大院子傳來，他轉身，見到兩個女孩正在玩傳接球遊戲，不久，一名美麗的少婦走到她們附近，在雕工精緻的石頭桌椅組裡選了張椅子坐下，服侍的傭人立刻把茶點在石桌上擺置妥當。

少婦看著女孩們玩球，臉上的笑容和藹而寵溺。

「他們一家人生活的很快樂，你們看，那笑容多真切，才沒有趙老師說的什麼感情不好……」少婦身上散發出的母愛，是穆丞海從未經驗過的。雖然他在育幼院長大的過程也不乏院長和教導師們的疼愛，但終究是和母愛不同。

他不禁慨嘆出聲，一番話語，在寂靜的空間裡顯得異常清晰。

胡芹瞠大雙眼，穆丞海要他們看的院子，除了植物之外並無他人，連蟲鳴鳥叫都沒有，穆丞海卻一直盯著那，似乎在欣賞什麼，欣羨陶醉，就連閉眼感應的天師們也都睜開眼，和工作人員一同看著行為異常的穆丞海。

「再過去一點……啊！可惜，漏接了……呵呵……對，就是這樣，加油、加油！跑起來！……很好，這球漂亮！……我小時候也最喜歡玩傳接球了……小心！啊——跌倒了……不哭、不哭，有媽媽幫妳在傷口上吹氣，好好喔……吹一吹，就不那麼疼了吧？」

「丞海，你到底在說什麼？」胡芹緊張地問。

聽穆丞海說話的口吻，好像看見了什麼他們看不到的畫面，可是他的陰陽眼不是已經關閉了嗎？

「就他們一家人在那邊玩傳接球，結果小妹妹跌倒了，她媽媽在她的傷口上吹氣，你們沒看……」穆丞海向眾人解說，回頭指著院子方向，突然發現那裡什麼人也沒有。

咦？那他剛剛看到的景象是……

不對，就算是真的看到陳家大小在玩球，他們也都往生了耶！而且他現在沒有陰陽眼，根本看不到鬼魂，就算方才那些都是他想像的畫面好了，也未免太寫實了！

穆丞海終於意識到不對勁，頓時覺得毛骨悚然。

所有人都用古怪的眼神看著他，但他沒有證據證明自己真的看到，想堅持，又怕被當成胡謅，那不就和趙老師同一個格調的嗎？他才不想變成那樣咧！

「我……我只是猜測……他們日常生活的可能樣子而已。」穆丞海不得不掰個聽起來合理些的理由，「你、你們先繼續感應吧……」

退到角落，用人群掩蓋自己的身影，似乎隨著天色越來越晚，周圍奇怪的事情也變得越來越多，就像他從密室離開後，就一直覺得有股荔枝香氣縈繞在他身邊。

穆丞海環顧四周，方以禾明明離他很遠啊，怎麼還會味道這麼濃郁？

看來完全大意不得呢！他打了一個冷顫。

胡芹也不敢再多問什麼，想起自己從警方那裡看到的死亡鑑定報告，以及被列為極機密的現場照片。

四名傭人頸部纏繩，吊在傭人房裡的梁柱上，他們的腳搆不到地板，腳下亦無任何踩踏物，明顯是他殺。

陳家爺爺坐在自己臥室的搖椅上，遭到割喉斷氣身亡，照片裡的屍體，甚至面帶微笑。

在主臥室裡被殺，死後屍體遭到凶手肢解，最後被塞進廚房超大冰箱裡的女主人劉湘潔。

琴房內，全身血液被抽光的陳家大姐姐陳靜。

剛讀幼稚園，被溺死在房間浴缸裡的陳家小弟弟陳佑。

被判定藥物中毒而亡的陳家妹妹陳寧。

以及在這車庫的寶藍色房車內，被凶手拿刀開腸剖肚的陳家男主人陳則民的屍體。

不管是哪一個人的死法都相當駭人聽聞，詭異到警方不敢對外多說，更何況是集中在一個晚上發生。

唉……拍攝第一天就已經狀況不斷了，接下來的七天，他們真能夠安然無恙嗎？

「妳拉著我要去哪啦？」

當大夥兒從陳寧臥室移往車庫時，除了殷大師脫隊外，途中還有兩人也悄悄脫隊了。

網美之一的柔庭假借要上廁所，硬是拉著珊卓拉陪她一起去，然而她們卻不是往廁所的方向前進，而是回到三樓的走廊。

「去小密室。」

「去幹嘛？」

「我有點好奇……」

「別鬧了！林柔庭小姐，妳說一個人要在凶宅上廁所害怕，我才陪妳來的，妳不知道脫隊沒去車庫，會少掉多少鏡頭嗎？我可沒時間陪妳瞎鬧去滿足妳的好奇心！」珊卓拉發飆完，甩開林柔庭的手，回頭就要丟下她，自己往車庫前進，林柔庭見狀趕緊拉住她。

「別急著走，妳聽我說，我想我知道小密室裡頭那棵奇怪的植物是什麼。」

「知道又怎樣？」

「我如果沒記錯的話，那可是個好東西。」林柔庭扯著珊卓拉的手臂討好道，「我們兩個是好姐妹，有好東西當然要跟妳分享啦！」

珊卓拉不以為然地翻著白眼，對林柔庭的氣不打一處來。

她這個「好姐妹」推她和方以禾去撞牆的事她還沒忘記呢！女人間果然只有敵意沒有友誼，這宅邸裡到處都有隱藏式攝影機，誰知道林柔庭是不是又想了什麼方法要害她出糗？

見珊卓拉還在氣頭上，林柔庭連忙陪笑臉，就怕對方不陪她去小密室，「妳還記得我曾經以『古老神祕的美麗偏方』為主題，直播過好一陣子吧？」

珊卓拉當然記得，那也是有史以來第一次林柔庭的觀看人數超越她，害她心情超級低落，以為自己過氣了。好在事後證明，觀眾只是對那主題有興趣，等到林柔庭直播別的內容後，自己的人氣又再度高過林柔庭。

用墊得有些過高的鼻子哼了聲，算是表達自己知道這件事。

「當時我查到很多古老時期的美容偏方，其中之一就是小密室裡那株植物，名為『君子笑』，據說是一千兩百多年前只在皇宮中種植、供嬪妃食用的珍稀藥材，只要吃下果子，不僅可長保皮膚白皙透亮，還可維持纖細體態，從內而外散發怡人香氣。」

「一千兩百多年前？妳少唬人了！姑且相信妳說的那什麼『君子笑』真的有神奇的功能好了，但是妳又怎麼確定小密室裡的植物就是妳說的東西？」

為了取信珊卓拉，林柔庭趕緊取出手機翻找相片，把她當初從網路上找到的資料拿給珊卓拉看，「這張圖就是古書上畫的『君子笑』。妳看，是不是和小密室的植物很像？」

珊卓拉好奇地把湊臉過去，左看右看，真的有點像。

「而且，我敢跟妳打賭，那個方以禾一定也知道『君子笑』的好處，而且不知打哪得知陳家宅邸裡就有一棵，所以她才會特地來這裡，假借拍攝實境節目，實際上是要趁大家不注意時獨占。」林柔庭說得煞有其事。

拉方以禾下水，無非就是想藉著珊卓拉的妒意，好刺激她願意陪自己去確認小密室裡是否就是「君子笑」。

珊卓拉還猶豫不決時，殷大師正好從陳寧的房間內走出來，林柔庭迅速拉著她躲到一旁角落。

殷大師手裡握著一截樹枝，是從小密室的植物折下來的，兩個女人不敢妄動，屏息等待殷大師走下樓，才從暗處閃身而出。

「妳瞧，連殷大師都如此在意那植物，可見它真的有非一般的效果，是奇珍異寶啊！那難道還不是『君子笑』嗎？」林柔庭越來越篤定自己的想法，光想就興奮。

「妳剛剛說『君子笑』有什麼功效？」珊卓拉嚥了口唾沫，好奇心也被勾起來了。

「長保皮膚……簡單說，就是美白、除皺、溶脂、抗老化、還能恢復肌膚彈性！」

「哇，要是真的，吃一顆，能省下多少整型費用啊？」

珊卓拉和林柔庭手拉著手，竊笑起來。

陳寧的房間此刻空無一人，珊卓拉和林柔庭來到小密室被撞破的大洞前，發現大洞周圍的薄木牆上，左右各貼了一道符紙。

「這……是殷天師剛才貼的吧？」胡芹帶大家離開時，木牆上可還沒有這兩道符，「難道密室內那植物有問題，殷天師才要貼符紙鎮煞？」珊卓拉躊躇著，最後打了退堂鼓，「我們還是不要進去好了。」

「別自己嚇自己好不好？」林柔庭雙手搭住珊卓拉的肩，加重力道，說什麼都要說服珊卓拉跟她一起，「妳不也聽見趙老師說的，是方以禾和殷大師串通好，故意演那場戲給大家看。依我之見，他們兩個之前一定就認識了，方以禾想進來找『君子笑』，請殷大師幫忙，找到後，又怕『君子笑』被別人搶走，於是故意製造『君子笑』很危險的錯覺，遏阻別人碰它，妳剛才也看見殷大師自己折了一支走，一定是要給方以禾的。」

其實林柔庭更想獨自吃下君子笑，在拍攝的幾天裡成為鏡頭前最美麗的人。可是內心深處她還是有點怕，萬一「君子笑」不如古書所寫那般好，吃了有副作用，或者小密室內的植物根本不是「君子笑」呢？思來想去，還是拖個人一起下水好。

「妳這麼說也有道理……可是……」

「別可是了，等七天後拍攝完，方以禾一定會偷偷把『君子笑』搬走的，到時候想吃也吃不到了喔！」林柔庭拉著珊卓拉鑽進密室，也不給她猶豫的機會，咚咚兩下就摘了兩顆小紅果實，自己拿一顆，另一顆塞給珊卓拉，「吃吧。」

「我、我還是……不然妳那篇網路找到的資料再給我看一下，我確認這是不是『君子笑』，還有食用方法、功效……」

林柔庭忍住翻白眼的衝動，將手機點開先前儲存的頁面，遞給珊卓拉。

這麼近對照畫像跟實物，確實是有百分之八九十的相似度，但要細看內文介紹，那資訊量卻是有點多，非一時半刻能消化完畢，「這些內容妳都看過了嗎？」

林柔庭誠實地搖頭，當初她根本不覺得世界上真的有「君子笑」，只是把這篇資料當作噱頭，挑幾個美容的關鍵字，自己加油添醋一番，能夠達到在直播中吸引愛美的人來觀看就行了。

珊卓拉不客氣地白了林柔庭一眼，這樣她還敢慫恿自己一起吃果實？

看來真的有好好細讀文章的必要，但珊卓拉擔心被別人發現她們跑回來摘果子，提議先回房內看完文章再吃。

林柔庭也同意了。

可是當她們跨過洞口，回到陳寧房間這一側時，手裡握著的小紅果實卻出乎意料化做一陣輕煙，裊裊消散在空氣當中，連個灰都沒留下。

珊卓拉震驚之餘，立刻聯想到才剛拿著植物枝條離開的殷大師和那兩道符咒，「一定是殷大師搞的鬼，可惡！」

「哼，方以禾好貪心，竟然用這種方式，不讓別人拿走『君子笑』。」

「沒關係，既然帶不走，我們就直接在裡面吃！」想起方以禾勾引穆丞海的狐媚模樣，珊卓拉的理智線崩斷。

兩個女人同仇敵愾起來，不停責罵方以禾想獨占「君子笑」的舉動，她們可以被其他的網美比下去，卻不甘心輸給方以禾。

於是，這次不用林柔庭再三相勸，珊卓拉主動回到小密室摘了兩顆果實，自己立刻吃下一顆，另一顆遞給林柔庭。

荔枝味道的香氣，瞬間充斥在口鼻之間，甜甜的，吞嚥之後，有一股淡淡的血腥味湧上，但神奇的是那味道並不讓人覺得噁心，體內某些地方似乎因此被打通了。

「珊卓拉……我覺得、我覺得……皮膚好像緊實了許多。」

聞言，珊卓拉伸手輕拍林柔庭的臉頰，訝異道：「天啊，妳的肌膚好Q彈水嫩喔！」她再掐掐自己的臉頰，「我的也是！天啊，這果實的效果好立即，不如我們再多吃一顆……」

「別貪心。」林柔庭阻止她，「等看完文章的內容再來吃也不遲，而且我想回房間卸妝看看。珊卓拉，妳有感覺到嗎？整個人都精神了起來。」

「真的！我也想看自己現在素顏的樣子。妳知道我之前被票選為化妝與卸妝差異最大的網紅第一名，心裡真的嘔死了！」

「妳現在一定美呆了，素顏給那些網友看，他們一定會超級後悔投票給妳。」

「呵呵，好，我們快回房間吧！」

珊卓拉和林柔庭帶著愉快的心情往她們倆共住的房間奔去，而小密室裡的植物，在她們吃下果實的那一瞬間，埋在沙土裡的根，悄悄地向下生長了幾公分。

Chapter 7

嬉鬧的琴房

拍攝暫時告一段落，大家開始自由活動。美其名是休息時間，卻是另一場在隱藏式攝影鏡頭前的表演開始。

有人假裝優雅地坐在客廳沙發上翻閱流行雜誌，有人拿著羅盤在屋裡四處走動，有人則是一直找漂亮背景，還自己抓光源角度，每到一個定點就維持某個好看動作幾秒。

穆丞海才不管那麼多，他毫不遮掩，在房間裡大方換上棉T跟寬鬆垮褲，不過他還是有裸露底線，堅持第三點不露，雖說就算露了被拍到，他也不覺得電視臺的尺度會開放到把畫面播出。

只是薛畢的惡劣個性，一定會故意把那「第三點」放大特寫，然後寄給他老爸分享。

現在能幹嘛呢？穆丞海最想做的事情是賴在沙發上打電動，但是拍攝期間有簽合約，網路與手機訊號都會中斷，他開始後悔打包行李時沒把遊戲機放進去了……

百無聊賴的他，決定趁現在去找殷大師問個清楚，看看這棟房子裡到底有什麼玄機，還有他和方以禾的對話是什麼意思。更重要的問題是，性喜低調的殷大師，為何會參加這次的拍攝？

不過，走到半路時，他臨時改變了主意。

殷大師的被分配的房間在三樓，從穆丞海的房間過去，會先經過一間琴房，穆丞海被裡頭傳出的琴音吸引，並從琴房敞開的門看見歐陽子奇在裡頭。

歐陽子奇還穿著稍早拍攝時的衣服，斜照的陽光將他的影子拉得很長，穆丞海忍不住駐足欣賞。

子奇不知道在想什麼，彈出的琴音很沉重，整個人看起來一副有心事的模樣。

仔細想想，他似乎好久沒和子奇聊天了。

從他提出暫緩MAX的工作，到住進陳家宅邸這段時間，子奇一有空就往聖心醫院跑，他們就連在公司遇到時偶爾會有的交談，也都是跟工作內容有關，才不得不進行的對話。

很不好受的感覺啊！

穆丞海是不知道歐陽子奇心裡頭在想什麼，或許是因為他爸爸的病情，或許是有什麼工作讓他煩心，但他覺得最可能出問題的地方，是他提出MAX的工作要暫時停止這點。

因為在那之後，兩人間的氣氛就變得怪怪的了。

不過，到底為啥這樣提議會出問題啊？穆丞海想破腦袋也想不出個所以然來，子奇的爸爸生病，他讓子奇多陪陪老人家，到底哪裡不對？

他該不該進去跟子奇挑明講清楚？但會不會話沒說到，反而因為他的出現，子奇就會立刻離開，不彈琴了？

在門口猶豫許久，腦海中突然浮現王希燦搭著子奇肩膀時的得意神情，穆丞海牙一咬，還是決定進去和對方好好聊聊。

「子奇。」

聽到穆丞海的聲音，歐陽子奇抬起頭來看他，一瞬間，表情有些僵硬，但立刻又恢復貫有的冷靜。

穆丞海朝歐陽子奇走去，在鋼琴邊站定，眼睛直視著他。

時間就這麼又過了五分鐘。

穆丞海覺得子奇應該是知道自己想要找他問什麼的，以前子奇都會在自己開口前就先做出回應，避免自己太尷尬或因為扭捏而說不出口。但這次他都走到子奇面前站著沉默這麼久了，子奇卻還是什麼都沒說，就好像他如果不問的話，子奇也沒打算聊一樣。

會不會……其實，他們兩個之前的好感情，是子奇為了工作需要，刻意營造出很有默契的感覺來，所以才跟他扮演起好朋友的？

現在因為MAX的工作要暫緩了，所以子奇不再需要偽裝，態度才變得很冷淡？

可是，子奇對他的態度感覺很真耶！怎麼可能是演的？

不對、不對！子奇的演技可是能夠和影帝王希燦勢均力敵的，就算是要在日常生活中的每一刻都演出好朋友的感覺，他應該也能輕易辦到。

越想越覺得有可能，穆丞海被自己的想法嚇到，心慌起來，臉色一陣青一陣白，跟見鬼沒兩樣。

看著他的臉色變化，歐陽子奇一開始還能勉強維持住面無表情，但最後終於還是忍不住輕笑出聲，徹底投降了，「你一定又在想些有的沒有的。」

那悅耳的笑聲，彷彿是天堂才會有的聖音，那柔和的表情，是神終於決定赦免他的救贖，穆丞海險些熱淚盈眶，大聲吶喊感謝全世界，他們之間的尷尬再也不復見。

但回頭想想，不對啊！子奇是在嘲笑他吧？

「吼——我在那邊煩惱半天，你竟然當笑話看。」語氣有著怨懟。

「抱歉。」歐陽子奇揚手擋在好看的薄唇前，輕咳一聲來掩飾笑意，卻仍舊止不住嘴角越來越上揚的弧度。

「你真的很過分耶！就因為你的不理不睬，我擔心到吃不下也睡不好，在想你爸爸的病是不是真的很嚴重，才讓你這樣魂不守舍，剛才還腦子抽風突然害怕你跟我的友誼是不是你演出來的？光想到有這個可能性就覺得要崩潰，結果你竟然還這樣笑我，我……」

自己到底在說什麼跟什麼！

說這麼多，並不是想抱怨子奇，而是想把心裡的話清楚地告訴他。

「我、我只是想跟你說，就算我們沒有一起工作，你永遠都是我最好的好朋友。」

「我知道。」歐陽子奇露出苦澀的微笑，「就算分開，我們的友誼也不會因此受到影響，只是心裡多少覺得不開心。或許很多人都不覺得MAX竟然會以解散收場，就連我們自己也沒預料到，但這就是人生，規劃永遠趕不上變化……」說起這番話的語氣有些惆悵。

知道他的友情並不是演出來的，穆丞海覺得如釋重負。

「唉唷，又不是分手，搞成這種氣氛……等等！」穆丞海終於意識到子奇話中有相當關鍵的兩個字，「我並沒有說要『解散』好嗎？」

「你知道你暫緩MAX工作的決定，其實跟解散沒兩樣了嗎？」歐陽子奇輕嘆。

「為什麼？」哪這麼嚴重啊！

「因為，當我爸知道這次實境拍攝結束，我就會暫緩演藝工作，專心陪他把身體養好後，他的態度有了明顯轉變，我猜他可能會用病情來阻止我們恢復MAX的工作了。」

「雖然這麼說很沒禮貌，但你爸真的很難搞耶！」不只如此，穆丞海還連帶抱怨王希燦趁虛而入，一副想要奪去他MAX成員位置的樣子，讓他心裡很火大，虧他之前還覺得王希燦人不錯。

就這樣，兩人終於把話聊開。和以往不同的是，這次反倒是穆丞海替子奇解開心結，他們之間相處的氣氛又恢復原本的融洽。

笑鬧過後，歐陽子奇瞥見鋼琴底下掉了一本攤開的琴譜，便彎身將它拾起，琴譜封面寫著陳寧的名字，他隨意翻到一頁，是蕭邦第一號詼諧曲op.20，順手彈奏起來。

難怪琴房裡的櫃子上會放滿陳寧鋼琴比賽的獎盃，小小年紀能彈奏到這種難度的曲子，可見她在鋼琴的造詣上相當高。

修長的手指在黑白琴鍵上來回移動，時快時慢，配上他專注的神情，整個投入其中，也享受其中。

穆丞海不知道的是，其實從他提議要暫緩工作之後，歐陽子奇就突然失去彈琴的興致，連看到樂器都覺得呼吸困難。直到現在兩人把話說開，他才找回了原本的熱忱。

彈到一個段落後，歐陽子奇突然想起什麼，他停止彈奏，轉頭問穆丞海：「你後來不是興沖沖地跑去練鋼琴，練得怎麼樣了？」

「簡單的還ＯＫ，但是難的就不行了，尤其是要邊彈邊唱，那更不可能。」穆丞海搔搔頭。

那時，穆丞海想在MAX表演時也讓歐陽子奇有機會專注唱歌，不用每次都辛苦幫他彈奏，所以請小楊哥替他安排課程練琴。

他是練習得很努力沒錯，但是不得不承認，有些技能還是很講究天分的。

歐陽子奇笑著回應：「無所謂，就讓我永遠彈給你唱吧。」

連歐陽子奇自己都沒發現，承諾「永遠」這兩個字是多麼輕而易舉。他彈起他們第一張專輯的曲子，前奏彈完後，穆丞海卻沒有開口唱，歐陽子奇停下動作，疑惑地看著他。

「好久沒有這樣靜靜的專心聽你彈我們專輯的曲子了，這次先不唱，讓我好好欣賞你的琴聲吧。」

「嗯。」點點頭，歐陽子奇繼續彈奏下去。

對某些人來說，MAX的音樂就只是由音符堆砌而成的歌，但對喜歡他們的音樂、支持他們的歌迷來說，那或許不只是一首歌，更是一段段在音樂裡頭可以找到的故事。

對穆丞海和歐陽子奇而言，這更是努力的成果，也是許多熱血、感動、刻骨銘心的回憶。

玩音樂是會上癮的，尤其和你組團的人又是默契這麼好的夥伴時，穆丞海壓根沒想過解散的可能性。

要嘛就是一同退出演藝圈，要嘛就是一起合作，單飛賺得錢大於組團這件事，根本誘惑不了他，而他也絕對不可能讓MAX解散，就算提出拆團要求的是子奇本人，他也會設法讓子奇改變主意。

「不要用那麼深情的眼神看我，會讓我以為，你是不是愛上我了。」

歐陽子奇嘴角勾起弧度，彈琴的手指繼續在黑白琴鍵上滑動，拍子很穩，沒有因為講話而變得凌亂。

穆丞海很想拿東西砸過去，怎麼會有這麼自戀的傢伙啊！

「想太多了好嗎，沒有未來的對象我是不會考慮的。」他擺擺手，一副不以為然的模樣。

「我是沒有未來的對象嗎？」歐陽子奇還以為自己的身價不錯，一堆人搶著要，也是啦！連他那青梅竹馬的未婚妻夏芙蓉都跟他解除婚約，枇杷別抱了，或許他並沒有表面上那麼炙手可熱。

「拜託！你爸連我們要組團都反對成這樣了，更何況是讓你嫁到我家。」

「啊……原來你已經考慮到這麼遠了。」歐陽子奇露出恍然大悟的表情，正經八百地回答道，「不過如果是你嫁到我家，我爸應該比較不會反對。」

「哈哈哈！怎麼看也是我比你強，當然是你嫁來我家，讓我保護你啊！」

這段時間他跟著老爸勤練身體，可不像子奇一副弱不禁風的模樣。

「比我強？」琴音乍止，歐陽子奇轉過身，一臉不以為然。

「還用懷疑嗎？不然，要不要來試試看，到底是誰強——」說著，一隻手探向歐陽子奇，作勢要把他扳倒。

然而，突襲的手卻被歐陽子奇反扣住，順勢就將穆丞海的身體摔倒在地。

「喂喂喂——」躺在地上的穆丞海不滿大叫，「為什麼你會武術！不要告訴我又是哪個朋友從小的興趣，你逼不得已陪對方練到大，不知不覺就變得很厲害了！」

上回開拍《復仇第二部：Robert篇》時，歐陽子奇突然展露精湛演技，令他大感意外，就是因為從小陪王希燦對戲的緣故。

作弊啊！怎麼有人一出生就附帶一堆比人強的天賦，頂級裝備加上花不完的遊戲幣，現在還開外掛是吧！

「這倒不是，你也知道我不喜歡讓保鏢跟著，為了自己偷溜外出時不至於發生危險，所以我武術練得很勤。」歐陽子奇好心解釋。

而且他的體力一直都很好，只是穆丞海神經太大條才沒發現。

如果穆丞海用心一點觀察，就會發現他雖然不常跑健身房，但肺活量跟唱跳時的穩定度都異常得很好。

「嘖嘖！真是深藏不露啊！」穆丞海趁歐陽子奇不注意，一個反身，將他壓制在地，跨坐到他身上，「嘿嘿，不過現在的我也不是弱雞，真打起來，鹿死誰手還不知道咧！」

「要玩真的是吧？」

歐陽子奇和穆丞海扭打起來，雖說是打架，但其實兩邊都克制了力道，以不把對方弄傷為原則，單純比技巧和搏鬥能力。

十幾分鐘過去，歐陽子奇率先收了手，平躺在地上。

「我們到底在幹嘛……」

消耗體力爭個強弱的起因，竟然是誰要嫁到誰家去？果真是近朱者赤、近墨者黑，和穆丞海混在一起久了，連他都被傳染了幼稚的毛病。

穆丞海倒不認為有啥不好，「不覺得這樣運動完後舒坦多了嗎？總比你這幾天什麼都不說，壓抑得內傷好吧。」說畢，順勢在歐陽子奇身旁平躺下來。

「當時我真的被你嚇到了，一時之間不知道該怎麼辦才好。我從來沒想過，對我那麼依賴的你，竟然有一天會跟我說，你想要解散……」

「就說了不是解散啊！」

「而且你還說你想搬回去青海會，我又更難過了……但想想你跟你爸本來就需要多一點時間相處，心裡覺得你被搶走的我好像很幼稚。所以其實我氣自己的想法，多過氣你說出那些話。」

穆丞海低笑起來，原來子奇這麼看重他們的友誼啊！

「你的笑聲會讓我很想殺了自己。」沉默了半晌，歐陽子奇突然說。

「機會難得，讓我自爽一下咩！」

「不過殺了自己前，我會先殺了你。」歐陽子奇一拳又要打在穆丞海的肚子上，後者笑著躲開。

「子奇，你想，有沒有什麼兩全其美的辦法？讓MAX能繼續演藝工作，又讓你爸能夠支持我們？」穆丞海一點都不希望走到親情友情需要擇一的地步。

「我不知道。」歐陽子奇難得嘆氣，「我爸很固執，MAX都出道這麼久了，他還是沒放棄說服我。而且，現在已經不是我們兩個跟我爸的問題，還有你爸加進來。」

「我爸？」

「嗯，我覺得這次的事情應該跟你爸有關。之前我爸很想跟你爸合作，但住院之後，他交代了很多公司未來的走向，還有最近要處理的工作給我，卻不再提起要和你爸合作的事，我試圖探過他口風，但提到你爸的名字時，他就有點生氣。」

「看來，那天他們吃飯，真的發生過什麼事吧……」穆丞海沉思著。

「吃飯？」歐陽子奇疑惑。

「你不知道嗎？你爸心臟病發送醫那天中午，他們兩個約了吃飯。」

「……這我倒是不知道。」

「不過我也不清楚他們之間發生了什麼就是了，我問過程叔叔，他說當時他在外頭等，也不知道裡頭到底怎麼了。」

歐陽子奇沉默了一下，開口：「海……」

「嗯？」

「不管你爸跟我爸到底怎麼了，我想跟你說，我覺得人生最開心的時候，就是跟你一起唱歌的時候。」

「哇！這太出乎我的意料了，我還以為你最開心的是虐待我的時候呢！」

穆丞海嘴上雖然吐槽，心裡卻覺得很溫暖，甚至有一股熱氣盈上眼眶。

「那是第二開心的事。」歐陽子奇說得非常溫柔。

「靠——」還他的感動來！

琴聲？

在柔軟床鋪上睡得正香甜，穆丞海被一陣琴聲吵醒，他看了眼時間，凌晨一點……是誰這麼有興致，三更半夜還在彈琴！

從穆丞海轉醒後，那琴聲又持續了好幾分鐘，一點也沒有擾人清夢的自覺，他想裝做沒聽到繼續睡，卻怎麼也辦不到。

終於，聽到外頭有開門聲，似乎有其他人也受不了了，外頭走廊傳來咒罵聲，罵聲越來越遠。

既然已經有人去制止，那等會兒就會恢復寧靜了吧。

穆丞海躺在床上，聽著那琴聲，忽然覺得這個琴聲很耳熟……

是了，子奇下午才剛在琴房裡彈過，呃……該不會在彈琴的人就是子奇吧？

如果是的話，子奇，對不起！他剛剛不小心在內心咒罵了一堆髒話，請原諒他一時的心直口快……

又過了一會兒，琴聲終於不見了，但外頭來來往往的聲音卻變多，似乎有什麼騷動。

穆丞海決定起身下床，出去看看。

他打開門，好幾位工作人員臉色凝重，往同一個方向走去。

「怎麼了？」穆丞海叫住其中一個工作人員。

「小海哥，你剛才有聽見琴聲嗎？」

「有啊。」琴聲那麼大聲，除非耳朵聾了才聽不見。

「很多人也都聽到了，但是聽說琴房裡根本沒人。」

沒人？那琴聲是哪來的？

穆丞海也跟著大家來到琴房，發現天師們都到齊了，你一言我一語搶著發表看法，趙老師堅稱琴房鬧鬼，是亡靈在彈奏。

薛畢不信，為了讓趙老師信服，他調出隱藏式攝影機的錄影檔案，由於一樓的客廳有大型投影布幕，於是一群人全擠在客廳，聚精會神地觀看琴房的拍攝畫面。

影片只有畫面，沒有聲音，薛畢怕是有人故意搞鬼，還慎重其事地從下午的時間點開始看。

大約下午四點半左右，先是歐陽子奇獨自走進琴房，坐在鋼琴前彈奏，接著在五點左右穆丞海也走了進去，歐陽子其停止彈奏，兩個人看起來像在交談，隨後歐陽子奇彎腰撿起地上琴譜，又開始彈奏。

到這裡為止，影片都沒什麼奇怪之處，但在彈琴之後，歐陽子奇和穆丞海突然互擁往地上倒去，鏡頭的角度只能勉強拍到一點，有時是穆丞海坐起來的上半身，有時是換成歐陽子奇，兩人的衣服還越來越凌亂。

畫面以外的地方，他們到底在做什麼？

實在是太引人遐想了！薛畢直接不客氣地咧嘴大笑，胡芹倒是臉紅地別過頭去，不好意思觀看，網紅們竊竊私語，其他天師們則露出古怪的表情。

工作人員在演藝圈待久了，接受度比較高，但礙於MAX的身分，又不敢調侃，臉上皆是要笑不笑的表情。

現場突然有股很曖昧的氣氛出現。

「原來你們……」薛畢最資深，也最不用怕他們，他看向穆丞海和歐陽子奇，故意不把話講盡，一臉欠揍。

「才不是！」穆丞海矢口否認，可惡的薛畢，沒事在那裡裝什麼攝影機，裝也就算了，該入鏡的地板還沒拍到，徒增誤會，也太不專業了！

「丞海，如果你不敢跟你爸說，我倒是可以幫忙，我想他雖然可能會遺憾抱不到孫子，但他很開明，應該不會反對。」

「就說了不是啊！」

「小海，其實現在的社會很開放，大家可以接受的，你和子奇很登對，在一起也不錯。」胡芹說完，臉更紅了。

連小芹都幫腔是怎樣！

子奇，你倒是說些什麼來反駁他們啊！

穆丞海向歐陽子奇求援，只見對方從頭到尾專注地盯著螢幕，現場的紛擾絲毫沾染不到他身上，還主動要求薛畢將畫面倒回他彈琴的地方再放一次，然後影片順著播下去，在他們走後，就再也沒有人進到琴房了。

接著，接近凌晨一點左右，那架鋼琴的琴鍵突然自己動起來了。

「這是……鬧……鬧……」工作人員臉色慘白。

「閉嘴！」薛畢斥責了一聲，快速跑向琴房。

其他人跟了過去，歐陽子奇則留在原處，把無人彈琴的這段畫面看完，才跟著過去。

琴房裡，薛畢倏地打開琴蓋，然後伸手在鋼琴邊緣摸索，找到一個開關，按下之後，隱藏的蓋子掀開，裡頭是一排按鈕，薛畢在其中一個按鈕按了下，琴鍵就自己動了起來，是他們剛剛聽到的那首曲子。

「這樣你們還要說是鬧鬼嗎？」薛畢雙手交叉環抱在胸前，眼神銳利的掃視了在場的人一圈。

工作人員全噤聲，不敢多言。

原來這是一臺可以紀錄彈法的鋼琴，所以稍早的琴聲，其實是之前的屋主錄下來，只是因為機器老舊，或是時間設定之類的原因，才會觸動彈奏的開關。

想明白後，大家鬆了口氣，果然自己嚇自己是最可怕的。

珊卓拉和林柔庭姍姍來遲，在服裝上頭精心搭配過的她們擠到網美群中，為了吸引注意，刻意拉高聲調問：「發生什麼事了？」

其中一位較無心機的網美回答她們，「誤會一場，以為有鬼在彈琴……噢！天啊，妳們兩個人是素顏就過來嗎？」

有趕來聚集給鏡頭拍的網美都是睡覺也不敢卸妝的，其餘怕摧殘肌膚選擇卸妝再就寢的，則是躲在房內不敢現身。

「妳們兩個人的膚質好好喔，根本就不需要化妝嘛！羨慕死了。」

肌膚水嫩剔透，光滑無細紋，蘋果肌的部分還透著健康自然的粉紅色，簡直比白天化妝時年輕了十幾歲。

「呵呵……還好啦！平常也沒什麼在保養，就……作息正常，多喝水。」兩個人被周圍的網美捧得心花怒放。

攝影機呢？趕快給她們幾個鏡頭！

這邊的女人群早已被珊卓拉和林柔庭素顏的模樣吸引，纏著她們追問保養祕訣，那頭的趙老師卻不死心，還在說服大家真的鬧鬼，可是早已沒人信他。

而一直沒什麼說話的歐陽子奇則挨近穆丞海，低聲叮嚀：「小心一點，這棟房子真的有問題。」

剛剛他在心裡數著拍子，影片內的彈奏跟他們現在看到的自動彈奏不同，有幾個段落是搭不上的，因為錄的部分只有影像，沒有聲音，所以歐陽子奇是靠著琴鍵移動的位置來判斷。

他之所以沒有提出來，是因為這種細微的部分，光要用說的就讓薛畢信服恐怕很難。

薛畢受夠這場鬧劇，擊擊掌，要大家就地解散，別擔誤到明天拍攝，然而穆丞海卻不聽他的指示，反而往鋼琴靠近。

他在琴房內目睹薛畢印證的整個過程，然而他站的位置正好能夠看見鋼琴上有一處怪怪的，不論如何都想確認一下，他來到鋼琴邊，伸出手指往琴身一抹，指腹沾染上紅色的液體。

「血……是血……」見狀，現場有人大喊。

恐懼渲染開的速度很快，剛被壓下的騷動又有再度掀起的徵兆。

都還不確定是什麼就直接聯想到「血」，薛畢的太陽穴隱隱抽痛，這簡直是集體腦弱的現象，果然人多聚在一起，智商表現就會降低。

穆丞海將那黯紅色的液體湊到鼻前。

是荔枝香。

然而荔枝的汁液卻不該是這個顏色，他反射性地看向方以禾。

或許是誤會他舉手是要將紅色的液體吃下，方以禾在穆丞海舉手同時立刻衝向他，並且大喊：「不可以吃！」但是她自己卻抓住穆丞海的手，甚至開始吸允他沾了紅色液體的指尖。

穆丞海被嚇懵，霎時渾身僵硬石化，不知做何反應，連舌頭滑過皮膚的搔癢都感受不到。結果遠處的珊卓拉比當事人激動，放聲尖叫，顧不得要在鏡頭前保持形象，直接對方以禾破口大罵。

若不是方以禾在此同時放開穆丞海的手，珊卓拉已經要衝過來給她好看了。

兩個人站得近，身高的差距，讓方以禾必須仰頭才能看著穆丞海的臉，她想解釋自己突兀的行為，微啟欲言的唇瓣上還殘留著些許紅色的液體，她的眼神因紅色液體的效用而迷濛，穆丞海俯視著她，感覺此刻的方以禾好誘人，體內有股衝動，令他無法遏制地低頭想要舔舐方以禾的唇瓣。

就在他低頭朝方以禾靠近時，搶在珊卓拉前頭制止他們的，竟是歐陽子奇。他拉開方以禾，一巴掌就甩在穆丞海臉頰上，力道毫無節制，在穆丞海的臉頰留下紅色掌印。

穆丞海回過神，退了好大一步，臉上驚恐萬分。

許多人倒抽了一口氣，不解現在是什麼情況。

「歐陽子奇、穆丞海、方以禾，三角戀情？」

「所以茱麗亞．艾妮絲頓和穆丞海真的分手了喔？」

「他們有在一起嗎？不是茱麗亞單方面告白……？」

「對了，當初還有還有丹尼爾·布魯克特和夏芙蓉耶！」

「原來MAX這麼花心喔！我還以為歐陽子奇對愛情沒興趣，穆丞海很純情耶！」

「妳想太多了。演藝圈這麼大的染缸，俊男美女誘惑一堆，怎麼可能有專情、純情這種人？剛才穆丞海可是當著眾人的面要親方以禾耶！」

「所以他們真的有多角關係喔？」

琴房裡充斥著小聲嘀咕，全是關於他們戀情的臆測。

結果眾人的注意力全圍繞在緋聞八卦猜測上，已無人有興致去探究那在鋼琴上被發現的紅色液體到底是什麼。

薛畢額上的青筋明顯，這話越說越離譜，要是傳出去，不知道又有多少媒體記者要圍著追問。於是他握拳用力捶在鋼琴蓋上，大聲斥喝：「這都在胡說什麼！明天不用工作了是吧？還不快給我各自滾回房間去休息！」

薛畢在這圈子裡的地位是眾人得罪不起的，再加上他的暴喝極具威嚇力，即使大家心裡超級想一探究竟，也在薛畢下達解散令後不得不先暫緩，趕緊離開此地以免被他盯上。

就在眾人開始離去時，一聲明顯的童稚笑聲突然冒出。

「嘻嘻……在一起……都在一起……大家永遠在一起……」

冥冥中，大家似乎都聽見這樣的話語，不禁停下腳步，瞠目結舌互相觀望。

「還裝神弄鬼什麼！真那麼想在一起，好啊！就留下來，我找條繩子全把你們綑綁在一起，這樣滿意了吧？」薛畢大吼，他最氣人家怪力亂神，最好這一切不是張凱能安排的，要是讓他查到真的是他搞得鬼，別說撕掉合約，要直接撕毀張凱能在演藝圈的未來他也做得到。

胡芹掩著胸口，心臟不斷激烈鼓動，彷彿下一刻就要從喉嚨跳出來。

這房間內根本沒有孩童啊！而且薛導的話證明他也聽見了，只是他不相信鬼魂，只當作有人假鬼假怪，故弄玄虛。

根據警方資料，這間琴房主要是陳寧在使用，薛畢那番用繩子綁在一起的話，胡芹本能地聯想到陳寧房內那些被綁在一起的布偶。童稚的笑聲、要大家永遠在一起、凶手是陳寧的臆測……

難道，陳寧死後還一直留在陳家宅邸裡？

Chapter 8

凶宅居民的活動，從半夜開始

穆丞海並不清楚「陳家宅邸」發生過什麼事，只知道這裡死過人，被傳鬧鬼，不過他的陰陽眼關閉後，就看不見鬼魂了，天真的以為這樣就沒事，所以是帶著度假的心情接下工作的。

但是現場氣氛和他想像的不太一樣，除了工作人員假扮陳寧是人為的以外，時不時便有怪事發生。地毯自己凹陷、復原，在院子看見陳家人玩球的畫面，剛才又發生鋼琴無人彈奏，琴鍵卻自己動起來的事件。

穆丞海終於深刻的認知到自己確實是處在鬼屋中。

獨自躺在床上，穆丞海翻來覆去，好不容易入睡，卻做了一個夢。

夢中，他站在陳家宅邸的客廳，他看到穿著制服的傭人忙進忙出，縱使忙碌臉上卻仍然掛著笑容，讓宅邸裡的氣氛顯得溫暖，與現在陰森森的感覺差異極大。

客廳的沙發上，坐著一個漂亮的女生，大約是高中生的年紀，她的旁邊則坐著一個國小年紀的小女孩，穆丞海知道她們兩個是誰，他在琴房內看過小女孩的照片與無數個獎盃、獎狀，甚至下午在車庫內也看見她們在玩球。

年紀較大的是陳靜，較小的是陳寧。

姐姐是個美人胚子，但讓人印象更深刻的是妹妹。

光看照片就已經覺得她很可愛，近距離看起來更像是精心雕琢的陶瓷娃娃，吹彈可破的白皙的皮膚，靈動渾圓的無辜大眼，穆丞海從未見過外表如此完美的小女孩。

陳靜正在幫陳寧梳綁辮子。

大門打開，一個身高不高、體型偏瘦的男人走進來。見他進門，一名傭人走過去，順手接過他脫下的外套。

「老公，你回來啦！」屋內，一名美麗的少婦走出來，笑盈盈地挽著男人的手臂，「今天忙嗎？」

「有點忙，但是想你們，就先回來了。」他寵溺地輕拍妻子的手背，十足鶼鰈情深的模樣。

女人聽到回答，笑得更加開心，轉頭吩咐傭人，準備好的晚餐可以上菜了。

「餓了吧？可以吃晚餐了。」

男人點頭，女人則繼續指畫著。

「小寧乖，去叫爺爺吃飯。」

「爺爺說他下午跟朋友下棋，點心吃太多所以不餓，要我們晚餐不用叫他，自己先吃。」

沙發上的陳寧回答著，然後跳下沙發，往瘦小男人奔去，男人看起來雖然弱不禁風，施力時肌肉繃緊還浮現青筋，力氣倒不小，他一把抱起孩子。

「把拔，你看我的頭髮，漂不漂亮？」小女孩提起自己的辮子湊到爸爸面前，一副炫耀的模樣。

「很漂亮喔！」

「是靜姐姐幫我綁的！」

穆丞海雖然處在這個空間中，但這一家人看不見他也碰不到他，他就像在看電視播出的影集一樣，看著陳家人在他面前行動。

接著，場景瞬間轉到了半夜，陳家的成員陸續回到自己房裡就寢，穆丞海站在一樓一條兩旁牆壁掛滿畫像的走廊，走廊的盡頭是傭人們睡的通鋪，另一端靠近樓梯的地方，則是陳家爺爺的房間。

他看見一個女傭人將他面前的那扇窗戶關好，上鎖，接著熄燈準備回房睡覺。

穆丞海回頭，發現走廊上突然出現一名男子，他穿著一件深色風衣，手上戴著黑色手套，在月光的映照下，他的臉色虛弱慘白，嘴角掛著詭異笑容，穆丞海直覺他想做什麼可怕的事，於是忍不住出聲提醒女傭人小心。

但對方聽不到穆丞海的警告，那名男子衝過來，與他擦身而過，直接掐住女傭人的喉嚨，她想呼救，男子不給機會，一手摀住她的嘴巴，騰出的另一隻手則從風衣裡頭拿出一條繩子纏在女傭人的脖子上，用力一勒。

男子的動作流暢，女傭人沒多久便昏厥不動。

男子將她拖往傭人房，穆丞海跟著過去，看到天花板上已經吊著三個人，全都是他在晚餐時刻見過的面孔，男子將最後一名女傭人也吊了上去，她在這時醒來，雙腳胡亂踢著，離地後的身體不停抽搐，然後就跟其他傭人一樣，再也不動了。

穆丞海呆愣在原地，不知道該怎麼辦才好。

男子經過他身邊，穿過那條掛滿畫像的走廊，走上二樓。

傭人房裡，風透過開啟的窗戶吹進來，讓吊掛在空中的屍體微微擺動，最後，四張臉轉向穆丞海，凸出的眼睛布滿血絲，直瞪著他。

穆丞海感到呼吸一窒，他突然有股感覺，自己正在目睹陳家血案當晚發生的一切。雖然不知道原因，但想到自己可能會發現破案關鍵，便重振精神，趕緊跟上那個殺人的男子腳步。

他們來到二樓的琴房，只見陳靜閉著眼躺在地上，陳寧則是蹲在她身邊，手裡熟練地拿著針筒，將姐姐的血液抽出。陳寧腳邊的地上放著一個大銀盤，上頭已經堆了好幾十管裝滿血液的針筒。

「靜姐姐，全家人只有妳知道我全部的祕密，又肯為了我奉獻自己的鮮血灌溉，妳常羨慕我有這麼白皙的皮膚，但為什麼妳卻不肯跟我一樣，吃下那果子呢？」陳寧將最後一管血液放上銀盤，語氣哀戚，她伸手溫柔撫著姐姐的臉頰，「沒關係，現在妳的皮膚也會永遠跟我一樣白皙了，瞧，靜姐姐妳真美。」

殺人的男子走到陳寧身旁，單膝下跪，將地上的銀盤端起，陳寧也在同時起身，率先走出琴房，微微揚起下顎，像個孤傲的女王，男子則畢恭畢敬地跟在她身後，穆丞海再看了一眼躺在地上、胸膛已不再有起伏的陳靜之後，亦跟了上去。

他們來到陳寧的房間，只見陳寧在那滿櫃的布偶中摸索了幾下，櫃子便無聲地滑動，露出那個小密室。

依舊是昏暗的燈光，中間一張木桌，擺著盆栽，不同的是他們看見的植物只有三尺高，但夢中的植物卻高至天花板，樹枝分錯交疊，長得極為張揚，沒有半片葉子的枝條上，結滿詭異的小果子。

陳寧從銀盤上拿了幾管姐姐的血液，插入培育樹木的沙盆中，穆丞海看見針筒裡的血液越來越少，似乎被沙子吸收，再傳遞到樹木，而他竟然感覺得到整顆樹在雀躍顫動。

這是什麼詭異的情況！

穆丞海下意識地摀著嘴，深怕不小心叫出聲來，即使其他人根本看不到他的存在，他還是本能地害怕起來。

怕自己被發現後，也會被抽乾血液，拿來餵養樹木。

陳寧隨手摘了顆果子塞入嘴裡，慢慢品嘗咀嚼，她的皮膚似乎變得更好了，白可賽雪，唇紅似血，奇怪的是此時她的神韻沉穩，眼神嬌媚，那態度根本不像個國小的孩子，男子瞧見她唇上殘留的紅色液體，倏地單腳跪地，吻上她的唇瓣。

兩人互相吸允舔舐，像一對熱戀中的男女……

穆丞海又再度想大叫。

警察先生，這裡有個叔叔和未成年小女孩接吻，快來把他抓走！

陳寧的爸爸媽媽知道嗎？

事後證明她的爸媽是不知情的。

因為當陳寧和男子進入父母親的臥房時，陳則民還嚴厲斥問那男子是誰？

陳則民的妻子劉湘潔則是一把將陳寧拉至自己身邊，警戒地盯著那個和陳寧一起進房的男子。

「媽媽，妳是不是很愛我？」陳寧沒來由地問一句。

「當然，媽媽最愛妳了。」

「可是，為什麼妳不再喊我的名字了呢？」

陳則民的妻子一愣。

「沒關係，我不在意，媽媽願意永遠和我在一起對吧？」

劉湘潔猶豫，她愛她的孩子，但她仍看出了孩子的不對勁。

罷了……

她閉起眼，點頭。

「嗯，爸爸也願意和我們永遠在一起對吧？」

「寧兒在說什麼傻話，我們一家人當然會在一起，是不是這個男的灌輸給妳奇怪的思想？寧兒才會覺得我們一家人會分開？」相較於劉湘潔認命般的回應，陳則民的回答果斷而直接

「那就好。」

陳寧離開媽媽的懷抱，在劉湘潔反應過來前，又走回男子身邊。劉湘潔想

去抓她回來，卻被女兒和那男子古怪的態度嚇著，下意識地縮往老公身邊。

「爸爸和媽媽都答應了。」

陳寧慢聲細語地說著，男子點點頭。

下一秒，他以連陳則民都不及反應的速度，衝至夫婦倆的面前，握拳攻擊陳則民的頭部，將他擊暈，再抽出匕首橫手一劃。

劉湘潔連尖叫的機會都沒有，頭顱咚、咚、咚——滾落床，身體則維持著坐姿，頸部平整的切口噴出大量的鮮紅血液。

太過驚悚的發展，讓穆丞海身體往後跌坐在地上，過僵的身體動不了，連顫抖都做不到，感覺胃部裡的東西都要吐出來了。

接下來的幾分鐘，穆丞海眼睜睜看著那名男子將陳則民的妻子分屍成好幾塊，流了滿地的濃稠鮮紅發出刺鼻的氣味。

其間，陳寧竟然在一旁對著已經死去的母親說：「媽媽，我會幫妳把身上的肉切得細一點，這樣妳就可以按照自己的意思，隨意組裝身體，想瘦哪裡就瘦哪裡，不用因為減肥而節食了。」

陳寧捧起母親的頭顱，親吻她的臉頰，「媽媽煮的飯最好吃了，我好希望妳能跟大家一起吃飯，而不是自己吃著特製的難吃減肥餐。噢！對了，妳也不用再擔心爸爸會因為妳老了或身材走樣而有外遇，因為爸爸也會永遠跟我們在一起喔！」

等到陌生男子將陳則民妻子的屍塊裝進一個大袋子裡，陳寧抱著母親的頭顱起身。

「我們走吧，還要去接弟弟跟爺爺呢！」

男子的力氣極大，他跟在陳寧身後，一手拖著大屍袋，另一手則拖著昏迷的陳則民，他們在走廊上走沒幾步，陳寧突然停下來，轉頭對男子說：「你在這等著，我先去接弟弟。」

陳寧將母親的頭顱暫時交給男子，開門走進主臥房隔壁的房間，那間房，正是穆丞海此次錄影睡的房間。

穆丞海從男子身旁鑽過去，跟著陳寧進到房裡。

「小佑你在洗澡啊？」

浴室裡，一名五歲左右的男孩泡在大浴缸裡，童言童語地回應著陳寧：「姐姐，我早就洗好了，我在練習游泳。」說著，開心地揮動肥肥短短的雙手。

「小佑喜歡游泳？」陳寧蹲在浴缸旁，伸手著進到水裡攪動著，邊問。

小男孩用力點頭。

「姐姐記得小佑也喜歡吃棒棒糖對吧？」陳寧再問。

「喜歡。」

「姐姐這裡有棒棒糖，給你。要馬上吃掉喔，不然被媽媽知道，會罵姐姐的。」

「好。」小男孩不疑有它，接過棒棒糖，歡天喜地地吃了起來。

沒多久，小男孩的眼皮慢慢沉重，似乎抵抗不住睡意，身體隨著水波搖搖晃晃，最後連握住棒棒糖的力氣都沒有。

啪的一聲，棒棒糖掉進浴缸裡，熱水將糖果融化，在水裡慢慢渲染開五彩顏色。

隨著棒棒糖掉落，小男孩的頭部也一併被陳寧壓入水中。

小手不停地亂揮，但連揮動的力道也是那麼的軟綿緩速，最後，終於垂下不動了。

「能夠吃著自己喜歡的棒棒糖，在最愛的游泳中死去，小佑你一定很開心吧？」陳寧摸著小男孩的臉頰，表情淨是欣慰，「小佑先去和靜姐姐跟媽媽會合，晚一點爸爸、爺爺和姐姐也會過去找你們的。」

陳寧回到走廊，和男子會合，他們來到一樓，先將陳則民的妻子殘骸冰入冰箱中，接著再來到陳家爺爺的房門口。

小手敲敲門後，推開。

陳家爺爺坐在搖椅上，身上蓋了一條厚重的毯子，他轉頭看向陳寧，「你們來啦？」他垂下眼眸，看著躺在走廊地上的兒子，叮囑道，「妳爸爸最喜歡他那輛寶藍色的老古董車了，記得把他帶到車上再下手，這樣我們一家人到了另一個世界也才有車可以開。」

「我知道。」陳寧小步輕盈來到爺爺身邊，撒嬌地挽著他的手，「那爺爺呢？爺爺希望怎麼死？」

「隨便怎麼都可以，不用痛苦太久就行。」

「那劃頸呢?直接切斷氣管和動脈，很快就好了，洋伊的技巧很好的。」

「我相信、我相信，洋伊這孩子的技巧還能不好嗎?他可是我親手訓練出來的，妳跟洋伊是青梅竹馬，從小時候開始便互相陪伴，一起長大，有他保護妳，爺爺放心。」

「爺爺，最疼愛我的爺爺，謝謝你願意支持我所做的這一切。」

「傻孩子，爺爺得了癌症，活不了多久了，爺爺還要感謝妳能想出這個辦法，讓我們全家人能夠永遠在一起啊!」

穆丞海驚乍不已，聽這話，連陳家爺爺都參與了滅門血案?!一股寒意從腳底順著身體往上爬，蔓延到全身，他真心對眼前的三個人感到恐懼，他們是笑著將一條條的生命扼殺掉的啊!

陳家爺爺交代完，面容安詳地閉上眼睛，他的臉上甚至掛著笑容，輕聲道：

「動手吧。」

下一秒，利刃劃破陳家爺爺的脖子，鮮血噴出，而自始至終他臉上的笑容從未消失過。

陳寧親吻著爺爺的手背，將它放進毯子裡，再順手幫爺爺將毯子蓋好，彷彿搖椅上的爺爺只是睡著了，還擔心他沒蓋好毯子會著涼。

經歷一連串的屠殺後，陳寧和那位被稱作洋伊的男子早已滿身鮮血，他們拖著昏厥的陳則民來到車庫，將他放進寶藍色房車的駕駛座。

此時，一隻小貓蹭到陳寧腳邊，抬頭對她喵喵叫，陳寧將牠一把抱起，「對喔，差點忘記還有小咪了，小咪也要跟我們一起到另一個世界嗎？」

小貓咪似乎感覺到危險，在陳寧懷中不斷掙扎，陳寧皺眉，「不想要啊？可是我和靜姐姐都很喜歡你，希望你永遠陪著我們一起……不然這樣好了，你就一半留在這世上，一半跟我們走，好嗎？」

陳寧說著，接過洋伊手中的刀，將貓咪攔腰切斷。

貓咪淒厲的慘叫劃破天際。

同時，陳則民似乎有轉醒的跡象，只見他在駕駛座上緩緩動著手指，發出低吟。

他的眼皮尚未睜開，陳寧放下貓咪的屍體，來到陳則民身邊，附在他耳畔說：「我知道爸爸這輩子最講義氣和忠誠，雖然沒有機會跟爸爸討論過，問你想要怎麼離開這世界，但我想到一個爸爸一定會喜歡的方式。」

陳寧退開，換洋伊靠近。

「像個日本武士一樣，切腹。」

口氣輕鬆地像是在交代牛排要幾分熟。

能夠輕易切斷人類頸骨的利刃從陳則民腹部的右側刺入，順著肌肉切往左側，瞬間腸子和臟器滑落滿地，陳則民的身體則是抖動了幾下，只來得及發出幾聲哀號。

穆丞海從睡夢中驚醒，渾身被冷汗浸濕，最後那滿地腸子的畫面令他胃部又一陣翻攪，感覺好想吐。

夢中的一切全是那麼驚心動魄，那麼逼真。

是他幻想過度才會做這種夢？還是因為某些緣故，讓他真的看見陳家血案發生那晚的一切經過？

他用手抹了抹臉，擦去冷汗。

瞄了一眼時鐘，凌晨三點，所以其實他根本睡著沒多久。

安靜的房間裡，有個聲音變得明顯。

穆丞海側耳聆聽。

滴滴答答的……

怎麼會有水聲？是浴室的水龍頭沒關好嗎？

嘖嘖，他真的太粗心了，讓水一直滴，浪費錢又浪費資源，北極熊又要哭泣了。

穆丞海下床，打開浴室的門，按亮燈。

一瞬間，在飛起來的浴簾後頭，他好像看到浴缸放滿了水，上面還漂浮著什麼東西。

他想起夢中在這間浴室溺斃的小男孩，身體有點顫抖，但是又忍不住好奇，走過去拉開簾布，浴缸裡卻什麼也沒有，水聲也不見了。

檢查了所有的水龍頭，又在浴室待了幾分鐘，就是沒有剛剛聽到的水聲。

穆丞海滿腹疑惑，但也只能當是自己剛睡醒，聽錯了！

才想躺回床上繼續睡，走出浴室沒幾步路，又傳來水聲，這次他很確定水聲是從浴室裡出來的，隱約，他好像還聽到很細微的小孩子笑聲。

這個房間有古怪……

不管是不是心理作用，穆丞海現在都不想獨自待著。

於是，穆丞海硬著頭皮走到歐陽子奇的房門前。

子奇的房間位置就在他的房間斜對面，走沒幾步路就到了，穆丞海敲了幾聲門，裡頭卻沒有回應，他更用力地拍打著門。

奇怪，子奇一向很淺眠，怎麼這樣敲都沒把他叫醒？難道子奇不在房裡？

穆丞海試著轉動門把，門沒鎖，開了。

房間裡沒有開燈，只能靠走廊上的燈光勉強看到一點東西。

穆丞海開門的那一瞬間，竟有一股強烈寒意飄出，他搓揉著手臂，直覺就往冷氣機的方向看去。

冷氣確實正在運轉中，黑暗中發著綠色光亮的數字，顯示設定的溫度是二十六度，但是等了幾秒，當數字跳到現在室溫部分，竟然是四度！

難怪他打開門時會覺得這麼冷，這根本是冰箱的溫度！比御飯糰住的家還要保鮮。

在牆上摸找著，穆丞海按開房間的燈，看到歐陽子奇睡在床上。

不對啊！就算這個溫度是冷氣造成的好了，有哪臺冷氣可以把溫度降到四度啊？而且，上頭的設定溫度明明就是顯示二十六度，室溫低於設定溫度也就算了，這時冷氣也該停止運轉，改成送風模式了吧？

穆丞海在房間裡找了半天，就是找不到冷氣的遙控器，最後乾脆直接走到冷氣機旁，想要直接將它關掉，但開關按了半天，那臺冷氣就是關不掉。更奇怪的是，當他站在冷氣口時，反而覺得從冷氣吹出來的風沒有室溫那麼冷。

真是見……鬼了……

想起身處凶宅中，那句沒有多想的口頭禪極有可能就是事實，穆丞海連忙走到床邊去，想把歐陽子奇叫醒。

「子奇。」他搖著歐陽子奇的身體，但他完全沒反應。

難道……穆丞海將手探往歐陽子奇的鼻子……

還好，還有呼吸。

他更大力地搖動他的身體，「子奇！」

用盡全身僅存的力氣，歐陽子奇才緩緩地睜開眼睛。

「嗯？」睡眼惺忪。

「子奇，你還好吧？」

「怎麼了？」面對穆丞海的擔心，歐陽子奇一時還搞不清楚目前狀況。

還能夠回話，那應該是沒有大礙，但如果繼續在這個四度的房間睡下去的話，等會兒就不知道會不會怎樣了。

「子奇，你到我房裡去睡吧。」水聲歸水聲，至少比睡在這裡冷死好。

「為什麼？」

「你房間的冷氣壞了，溫度很冷又關不掉。」

「……喔，好。」歐陽子奇的反應整個慢了很多拍。

在穆丞海的攙扶下，歐陽子奇和他一同走到對面的房裡，看見床就直接躺了上去，閉眼繼續睡，穆丞海也跟著躺了上去。

過了一會兒，歐陽子奇突然開口：「我說，你該不會是在害怕吧？」

「哪有！」

「那幹嘛抱著我的手臂，還抱那麼緊？」

「我覺得……房間有點冷嘛！」穆丞海趕緊放開他的手。

「冷嗎？我倒是覺得很熱。」

就算他為了掩飾害怕，說房間裡冷是有點誇張了，但溫度絕對是偏涼的，要說熱也太過頭。

不對！他剛剛抱著子奇的手時，溫度好像真的有點高，於是再把手探向子奇的額頭確認。

「你……」

「我在發燒？」

「對，你等我一下。」

穆丞海起身，翻找著抽屜，他記得剛住進這個房間時，因為好奇心，曾經到處打開櫃子看看，有個抽屜裡放著許多備用藥物。

「凶宅的藥你敢吃嗎？」穆丞海找到那個抽屜，將退燒藥拿了出來。

「有沒有過期？」

穆丞海看著包裝的日期，「沒有耶！」

「那給我吧。」

穆丞海倒了杯水，連同藥一起拿給歐陽子奇。

「這間屋子真的很奇怪，所有的東西都不斷更新著，請人打掃、維持清潔還算正常，但會有人連同日常用品也一起換的嗎？就好像這裡還住著人一樣。」

歐陽子奇道：「或許陳則義很愛他哥哥一家人，想要藉此偽裝成哥哥一家還活著的樣子吧，所以才不斷換新生活用品，就像給死者的祭品一樣。」

穆丞海聽歐陽子奇這麼說著，又看著他把藥吞下，突然很佩服他，「拿來當祭品的藥你還敢吃喔？」

「有什麼不敢的，頂多拍攝結束後，再買來還吧。」

好吧，這樣想也是啦！畢竟祭品也只是表達祭拜者的一份誠心，又不是真的要給那些往生者使用。

穆丞海看著還因發燒而顯得不太舒服的歐陽子奇，突然想到一件事，身體不由自主地往後挪了一點。

「怕被我傳染？」看到好友的動作，歐陽子奇揶揄地問。

「不是……」

如果只是被傳染發燒，那還是小事！

穆丞海是突然想起歐陽子奇身體不舒服時的不良紀錄——被附身。

附身就算了，每次倒楣的都是自己啊！

第一次，子奇閉關寫歌寫到發燒，結果回家剛好被女高中生小桃附身，害他被上下其手，還差點……

第二次，子奇被附身時他將繩子套在子奇的頸項，被醒來的子奇誤會，兩人開始在拜桑歌劇院地下通道上演你追我逃的戲碼，害他差點就要到天堂去找媽媽了。

第三次，子奇的身體被附身，是唯一沒有害到自己「肉體」的一次，但當他看著子奇和蔣炎勛兩個大男人抱在一起時，殘害的是他的眼睛和心靈。

而這一次——是在凶宅裡耶！

要是歐陽子奇被附身，下場如何，他完全不敢想。

「子奇，你幹嘛突然笑？」穆丞海心裡還在擔心，突然看到子奇轉頭面向他，露出詭異的笑容。

心中警鈴大作，穆丞海又往後退了更大的距離。

歐陽子奇沒有回答，加深了臉上笑容。

房間的窗簾是整齊綁好垂掛在窗戶兩旁的，這時外頭有車經過，車燈的光線反射照在歐陽子奇臉上，光影閃過，把歐陽子奇的笑容映照得更加恐怖，令穆丞海聯想到夢中的那個男子闖入陳家宅邸，勒住傭人脖子時的畫面。

那種明明做著殘酷的事，臉上卻出現像是在欣賞音樂劇一樣愉悅的笑容，跟歐陽子奇現在的感覺好像。

難道是……他擔心的事情發生了嗎？

像是為了印證他的想法，歐陽子奇將手探向穆丞海，撫著他的臉，接著慢慢往下移動，最後停在脖子的地方，修長的手指緩緩收緊。

過程中，歐陽子奇的眼睛緊緊鎖著穆丞海的，穆丞海也不自覺地就回望著他，雖然知道此刻的歐陽子奇很危險，但又覺得這樣的他有股很致命的魅力，讓他想多看一眼，完全忘記要掙扎，甚至屏住呼吸。

「我都還沒用力掐，你自己先憋氣幹嘛！」歐陽子奇突然伸手彈穆丞海的額頭。

好痛！穆丞海揉著自己額頭，「吼！你！我還以為……」聽到熟悉的說話方式，穆丞海心裡一陣欣慰。

「以為什麼？」

以為你被附身啦！

「沒什麼，哼，睡覺啦！」穆丞海翻過身去，氣得不想理他。

都什麼時候了，還有興致這樣嚇人！

房間頓時變得很安靜，靜到穆丞海都可以清楚聽見歐陽子奇因為發燒，而變得有點粗重的呼吸聲。

「如果身體真的很不舒服，要叫我喔！」前一刻才決定不想理歐陽子奇，下一刻就又擔心起來，出聲提醒道。

背後的歐陽子奇沒有回答，卻傳來再清楚不過的悶笑聲。

隔日，趁著開拍前的空檔，穆丞海直接殺到方以禾的房間，也不管對方是不是已經換好外出服，拉起她的手就直奔陳寧房間的小密室。

昨夜的夢越想越奇怪，陳家人死亡的畫面固然令人震驚，但更讓他揮之不去的記憶卻是小密室裡的植物，總覺得陳寧之所以會變得那樣殘酷，和那棵植物脫離不了關係，所以他打算找方以禾問問。

當穆丞海跨過薄木牆的破洞，扶著方以禾換她進入時，殷大師布下的兩道符咒發動，隨即兩人感受到一道電擊，逼得他們不得不放開彼此的手。

「這是？」穆丞海詫異地甩著痛麻的手，「這季節，靜電這麼大正常嗎？」

方以禾差點失笑出聲，她搖搖頭，「那不是靜電，殷大師布下結界，看來我是進不去了。」她指著牆上的符，示意穆丞海看。

「這就奇怪了，殷大師的結界符咒不是只對妖魔鬼怪有效嗎？」穆丞海撓著頭，不解地看著符咒，再抬頭看向方以禾，對方那過分剔透的皮膚，好似他在夢中看見的陳寧，瞬間明白了，「難道妳——」

方以禾正要點頭，穆丞海接著說：「……也長期在吃這果實？」

聞言，方以禾愣了一秒後，差點失笑出聲，怎麼會有人這樣推論的？

「我沒有長期在吃那果實，我跟裡頭那植物，是同類。」

所以殷大師的結界阻止珊卓拉和林柔庭將結界那頭的果實攜出，也阻止了方以禾進入。

穆丞海做出名畫「吶喊」的動作，在小密室內石化了。

「對不起……我以為你已經懷疑我的身分了，所以才會急著拉我過來，想要證實。」方以禾知道這個世界上並不是所有人類都能接受鬼怪存在，甚至聽到時會感到恐懼，害穆丞海這麼震驚，她有點過意不去。

震驚之餘，穆丞海倒是有點尷尬，這就好像看見一起凶殺案，心裡有許多想法，於是跑去找好朋友想問問他的意見，結果話都還沒說一句，好朋友卻突然把他自己就是凶手這個祕密告訴你一樣，完全措手不及啊！

「其實我只是看妳好像知道那植物，於是想將我昨夜夢到的東西告訴妳，聽聽妳的意見……」

穆丞海從小密室出來，和方以禾一起在陳寧的房間內找了椅子坐下，開始說起昨晚的夢。

幾分鐘過去，方以禾聽完之後手撐著下頷進入長思，遲遲沒有說話。穆丞海不打斷她，便四處看看打發時間，陳寧房間內的那些布偶因為他們的緣故大部分都從櫃子掉下來，手綁著手成一長串。

穆丞海細細觀察著綁繩，是不尋常的黯紅偏黑，讓人不太舒服的顏色，他好奇地想拾起其中一個布偶看，被方以禾出聲打斷。

「建議你別碰的好，那繩索是用人類的髮絲沾上果實汁液之後再編織而成，對你們來說是很強的穢氣，沾多了恐怕會招惹厄運。」

穆丞海乖乖停手，凶宅裡的厄運，那可不是鬧著玩的。

方以禾嘆口氣，娓娓道來一段故事。

她與密室裡的植物本是生長在深山的靈株，因為吸收日月精華，漸漸修練成有意識與法力的生物，在成仙道路上慢慢前進。

後來，有個人類的樵夫踏足他們生長的地方，無意間吃到他們的果實，因為澆灌他們成長的都是純淨的養分，自然結出的果實也就對其他生物極好。

那時他們還不知道這是未來一連串惡夢的開始，只覺得能幫助別人是件很開心的事。

樵夫離去後不久，方以禾比同伴幸運，先一步練就可以化做人形到處走動的能力，於是她開始遊山玩水，並把所就所聞帶回來說給她的同伴聽。

某日，她回來時，同伴卻不見蹤影，她的同伴還只是棵生根於土壤的樹木，直覺同伴一定出事了，方以禾焦急地四處打聽，許久後終於探得消息，原來那日的人類樵夫將靈樹存在的消息上報給官府，用以換取榮華富貴，官府得知後出動一群官兵將同伴整株挖走，進貢給皇上，果實有養顏美容的功效，她的同伴便被賞賜給皇后，栽種在后妃的宮殿，由於食用果實的后妃總能因美顏博取聖上的歡心，靈樹便被喚作「君子笑」。

方以禾曾經試著去營救她的同伴，但同伴被道行高深的道士困在結界中，她自己也被道士打退，傷重到差點變回普通樹木，只好先退回靈山養傷。

那時被囚的同伴已經能幻化成人形，對人類的憎恨令他變了心性，他結出的果實雖然能讓食用的后妃變年輕，那年輕卻是假象，只是消耗身體未來的精氣神供現在使用，如此一來不只減少壽命，皮膚還會乾化龜裂，變成可怕的模樣。

由於后妃們無法接受容顏提前老去，死前皆會陷入瘋狂，「君子笑」從此被改喚作「紅顏狂」。

幾百年過去，等到方以禾能再度變成人形時，人類已經改朝換代，同伴也不知去向，此後她便以方以禾之名在人界生活，總希望有一天能探到同伴的消息。

這次方以禾來參加實境拍攝，她也只是覺得有股未知的力量在引領她過來，沒想到就遇見了受困於陳家的同伴。

因長久沒有獲得滋養，同伴目前陷入沉睡狀態，她無法與之溝通，這裡的道士目前看起來只有殷天師有能力可以毀去他們的元神，她真心希望殷天師可以原諒同伴害死人類的罪孽，讓他們再度回到靈山上修練。

「我想，你的夢境應該是我同伴想讓你知道這棟宅邸裡發生過什麼事，陳寧食用果實已久，最後變成發狂狀態。」

「可是為什麼是我呢？」穆丞海疑惑。

難道是因為曾經擁有陰陽眼，使得他的體質變得容易與鬼怪神佛相遇？

「丞海，有件事我沒有跟你說，其實我會刻意模仿你，是因為我曾經見過同伴幻化成人形的模樣，實在是……跟你長得好像。」方以禾望著穆丞海的眼眸，似是正在透過他的模樣遙想千年之前的同伴。

「這也是為什麼我想模仿你，並且在知道你要參加實境拍攝時，接受製作單位的邀約前來。」方以禾深吸了一口氣，握住穆丞海的雙手，「丞海，我能拜託你一件事情嗎？」

「什麼事？」方以禾身上的荔枝香氣更濃了，撲鼻而來，聞起來心曠神怡，洗淨不少穆丞海在這棟宅邸裡的緊張感，「我知道你跟殷天師的交情好，等到拍攝結束，是否可以請你幫我一起勸殷天師，請他答應讓我把同伴帶回靈山，不要為難他呢？」

「我……」想起殷大師掏出符紙對著方以禾的凜然模樣，穆丞海總覺得事情不會這麼簡單，「我盡量。」

感謝穆丞海的幫助，方以禾報以微笑，心上大石終於可以暫時放下了。

Chapter 9

百物語

在「陳家宅邸」的拍攝又過了幾天，歐陽子奇的發燒狀況雖然沒有一開始那麼嚴重，卻還是維持著比平時還高的體溫，而且後續引起的頭暈目眩，有時讓他覺得挺不舒服。

實境拍攝簽有合約，除非特殊狀況，否則這七天他們是不能離開這棟房子的。

心裡相當擔心歐陽子奇的健康，穆丞海提議是否要先跟張製作請假，聯絡經紀人來帶歐陽子奇去看醫生，如果醫生許可再回來繼續拍攝，但歐陽子奇認為自己的狀況並沒有那麼嚴重。

況且，他們住進來拍攝已經過了五天，離結束也沒剩多少天了。

這一天，為了讓實境拍攝的內容更精采聳動，張凱能突然宣布要進行一項企劃外的「特別活動」。雖然宣稱是臨時決定，但其實製作小組在開拍前早就連場地布置和道具都準備妥當，只是故意隱瞞來賓不說。

「特別活動」的內容是讓所有參與拍攝的天師、藝人、網紅們圍坐在一圈，並在周遭點起一百根白色蠟燭，接著大家輪流講述靈異驚悚的故事，每說完一個，就吹熄一根蠟燭。

這個活動的發想是源自於一個古老傳說，當人們開始講述故事，一隻名為「青行燈」的妖怪便會從靈界引來亡魂幽靈，等到第一百個故事被講完時，那些故事裡被提到的鬼怪，就會透過「青行燈」所打開的門，全跑到人界來。

這個儀式，就叫做「百物語」。

在張凱能的企劃中，就是希望實境拍攝越多恐怖聳動的畫面越好，最好是真的能夠拍到實際鬼影，而不是只有模模糊糊的樣子，還要將畫面放大再放大，用紅圈圈起來觀眾才看得到。

因此，召集來賓把一百個鬼故事說完，能搞出靈異事件最好，就算不能招出鬼魂，也能印證「百物語」傳說的真偽，替節目增加可看性。

儀式就在陳家宅邸的四樓舉行，這個地方原本是被拿來做為聯誼廳使用，有撞球桌，牆壁邊有立起來的桌球桌，也有舒適豪華的沙發和歌唱設備。

現場此刻被工作人員擺滿了點燃的白色蠟燭，為免大家一氧化碳中毒，窗戶和空調都是開著的。

如果不知道這些蠟燭的功用是用來完成儀式，穆丞海真的覺得這麼多蠟燭排開的感覺很美。一點一點的小燭光，在幽閉空間中搖曳閃爍，像活潑的螢火蟲，也像天上閃爍的繁星。

主持「百物語」儀式的人是胡芹，她先將活動流程告訴大家，並徵求參與者們的同意，若是有人覺得這個企劃的危險性太高而不想參與，也可以先退至三樓休息，等待大家結束後再上來會合。

但當胡芹詢問大家的意願時，竟沒有半個人要退出。

大部分的天師想見證是否真的如鄉野傳說一般，講完一百個故事就能開啟百物語的效果，自然不會想退出；而網美們早就察覺這一段一定會是節目播出的重點，沒入鏡豈非可惜？反正有這麼多天師在，絕對安全啦！

「我們這裡總共有二十個人，請問是每個人講五個故事嗎？」盧仙姑用著天真的語氣問。

「原則上是這樣沒錯，大家輪流講完故事，不過萬一剛好有人當下沒想到有什麼故事可說，跳過一輪也沒關係，就讓故事比較多的人可以多講一點。」胡芹解釋著，眼神掃了一圈確認大家都沒有疑惑，於是清清喉嚨，「那就由……」

「我先來吧。」

胡芹本來是要說由自己開始，向大家介紹關於陳家宅邸的傳說，但是趙老師直接搶下開場的工作，

胡芹覺得無所謂，就順著趙老師的意，讓他先講。

「我要講的是一個祖先纏著後代兒孫的故事。」趙老師煞有其事地開口。

又是祖先纏，哪來這麼多祖先纏的事情啊！穆丞海不禁在心裡吶喊，趙老師不會是對每一個有困擾去找他的人，都用這套說詞吧？

當初他因為陰陽眼看得見女高中生小桃，成日被她整得無法安心歇息，趙老師就是跟他說被祖先纏，要他花個幾萬塊去祭拜祖先，這樣祖先才會保佑他。

花了將近二十分鐘的時間，趙老師才把他的故事講完，重點都擺在吹噓他的祭拜儀式多有功效，不只幫客戶解決被祖先纏身的困擾，還讓祖先反過來庇佑後代繁榮昌盛，財源滾滾。

很明顯的商業置入，替自己打廣告。

趙老師雀躍地跑去吹熄一根白蠟燭，覺得自己搶到第一真是太厲害了，不管電視台到頭來要怎麼剪輯，總是不會剪掉開場的。

趙老師高興，卻苦了其他人，雖然這是「百物語」所進行的第一個故事，但因為內容太過冗長，又沒爆點，有些工作人員已經聽得昏昏欲睡起來，開始覺得張製作這個企劃可能會以失敗收場。

「那接下來輪到我！」盧仙姑像個小學生般興奮，舉手揮舞。趙老師講故事時她根本沒在聽，心裡不停複誦自己準備要說的內容。

「盧仙姑請說。」胡芹順應她意。

「我要講的，是一個食材鬧鬼的故事……」她刻意壓低音量，試圖製造懸疑氣氛。

盧仙姑長相甜美可愛，在天師界那一掛老男人充斥的環境裡算是少見，雖然常常在節目上驅鬼出包，反倒給觀眾一種率真的印象，不會逢迎節目做假效果，擁有不少男性支持者。

她講的故事，說實話真的一點也不恐怖，但現場專心聽她說的人，倒是比趙老師的多一些。

「接下來誰要說呢？」胡芹的眼神環視大家，既然陳家宅邸的故事無法做為開場，那就留到最後做為總結吧，她的視線最後落在穆丞海身上，「丞海，由你來好嗎？」

穆丞海點點頭，他的鬼故事可是有一大把咧！而且還保證不是網路上抓來的故事，全都是千真萬確、獨一無二，親、身、經、歷！「我要講的，是我曾經在拍片現場遇到的故事。」

他清了清喉嚨，回憶著當時的每一幕，就意義上來說，那可是他「正式」認識的第一個「鬼」朋友呢！「那是我在拍攝電影《豔陽》的時候，有一幕戲，是我要對抗來找碴的流氓，正當我擺出勇敢堅毅的表情，為了保護戲中的兒子，要和對方幹架起來的時候，卻看到演流氓頭頭的演員肩上，掛著一個血淋淋的女鬼……」

穆丞海歪著頭，「她的脖子就像這樣。」將頭歪成詭異的角度，嚇得好多人暗抽了一口氣後憋著不敢動，現場氣氛頓時恐怖起來。

直到此刻，「百物語」終於有了說鬼故事的氣氛。

「我被那個女鬼嚇到不敢直視流氓演員，還被導演誤會我表演的氣勢不夠，就訓了我一頓。這件事當時我不敢在現場講，怕大家不相信，也怕那女鬼會對我不利，於是趕緊假裝身體不舒服，溜回家休息。」

「然後呢？」其中一位網美追問，希望知道更多細節，這種片場的花絮最適合拿來當八卦分享了！

之後，那個女鬼還跟到他家去，纏著他不放，但是故事再講下去，就有很多他和「被附身的子奇」互動的內容曝光，這些事可是連子奇都不知道耶！因此穆丞海只講到攝影棚那裡就打住，默不作聲地吹熄一根白色蠟燭，過程他還偷瞄子奇有沒有察覺什麼異樣。

直到蠟燭被穆丞海吹熄時，眾人才發出意猶未盡的低嘆，真的不打算繼續講下去了嗎？連要理性控制流程的胡芹都覺得可惜。

「羅修士，有沒有故事要跟大家分享呢？」胡芹整整精神，看向不太說話的羅修士，覺得要是自己再不點他說話，現場的人都快忘了有這號人物存在了。

「我……哈哈！突然不曉得要講什麼，有點……緊張，不然我先跳過第一輪好了。」羅修士搔著頭，一臉不知所措，個性和他的師兄趙老師簡直南轅北轍。

看得出來他是真的很緊張，胡芹也就不勉強，轉而詢問還沒講的人。

「有誰要分享嗎？」

歐陽子奇基本上不相信這種講完一百個鬼故事，鬼魂就真的會跑出來的民間傳說，但為了讓節目可以順利進行下去，他主動接手講故事的任務。

「我要講的，是一個電鋸殺人狂的事件。」歐陽子奇準備將自己看過的恐怖電影內容拿出來講。

「等等，電鋸殺人狂不是鬼吧？」趙老師出聲抗議。

「趙老師你好嚴肅，主要就是講講恐怖故事嘛！」盧仙姑出來打圓場，胡芹也表示沒意見。

場內外的女性全一面倒的支持歐陽子奇可以講。

其實不管歐陽子奇講什麼都不重要，重點是鏡頭的畫面在他身上就是賞心悅目，聽他用好聽的聲音說話就是舒服，趙老師就閃邊去吧。

趙老師見自己變成被撻伐的對象，只好摸著鼻子乖乖噤聲。

其實，歐陽子奇的確有不可思議的經驗，姑且不說他們在拜桑歌劇院的經歷，也不提製作徐立展老師遺作時，靈魂出竅和眾鬼前輩交流這些大事情。光是在他拍攝電視劇《復仇第二部：Robert篇》時，就發生了一堆怪現象。

不過考慮到薛畢不會喜歡聽到他在這個場合講那些，甚至可能還會怪他造謠，乾脆講一些無關緊要的電影情節。

「那我就繼續講了。」

歐陽子奇擅於詮釋，不論是透過歌曲或是說話表達，就算是耳熟能詳的電影情節，在他的敘述下比盧仙姑說的「鬧鬼的包子」恐怖太多了。

畢竟，當你真的看到一顆包子從蒸鍋裡跳起來，還喊著「好熱」時，應該會覺得好笑多過於恐怖吧！

也不知是冷氣開得太強還是心理作用，不少人搓揉著自己手臂，感覺室內溫度低了許多，就連原本心思都在欣賞歐陽子奇表情的胡芹，聽著聽著不禁沉浸在故事情節裡，對故事裡被害者遭到肢解的那段過程感到毛骨悚然，好像親眼見到那畫面一樣，不自覺地嚥了口唾沫。

等歐陽子奇說完後，一片鴉雀無聲，全場沉浸在恐怖氣氛中，情緒緊繃到極點。

還是趕緊來聽別個故事，緩和一下心情。

江上人舉手了，然而他的故事和他的穿衣風格一樣，血腥又詭異，把歐陽子奇營造的氣氛又更進一步往恐怖中帶去。

「……那女孩被餓死鬼附身，又接觸到極陰之物，強化飢餓的影響力，普通的食物已無法滿足她，於是，嘻嘻……她開始生吃動物，吃掉自己養的小狗、兔子，吃掉弟弟、爸爸、媽媽，最後，她開始啃食自己的身體，從左手手指開始咬碎骨頭，咀嚼著和血的鮮肉，邊吃邊帶著笑。她不覺得痛，得到滿足的同時又渴望更多，嘻嘻……你們知道她最後怎麼了嗎？」

江上人的身體前後不斷晃動，他壓低脖子，同時抬眼掃視著在場的大家，很多人不敢跟他的眼神對上，紛紛低頭看地板。

「嘻嘻……」江上人似乎對這種大家怕他的現象很滿意，繼續說，「她朝牆壁上用力一撞，把頭撞破了，腦漿流了滿地，她嘗了一口，覺得那簡直是人間最美味的東西，最後就在吃著自己腦漿的過程中死掉了。」

許多人感到胃部一陣翻攪想吐，臉色嚇得一陣青一陣白，有逐漸有人後悔參與計畫，若是那些故事裡的鬼怪真的跑出來，又是斷肢的，又是血液亂噴的，簡直成了人間煉獄啊！

「哇！江上人講得故事太精彩了。」胡芹帶頭鼓掌，藉著熱鬧的掌聲沖淡可怕的氣氛，「咳……殷老師，你是否有故事要跟大家分享呢？」

接連兩個恐怖指數破表的故事，考驗著大家的膽量，連胡芹都有些喘不過氣來，更何況那些眼眶早已噙著淚的網美。

胡芹趕緊向殷大師求救，他的故事總該不會是走血腥風格了吧。

「那我就來講一個故事……」

殷大師講的故事，是他自己的收鬼經驗，但提到神佛的描述卻比鬼魂部分多很多。甚至在聽完後，還會覺得那些鬼一點都不可怕，不過就是因果輪迴，一時偏差，才會去害人。

接在殷大師後頭，除了還是想不到故事可講的羅修士，其他來賓陸續將自己覺得最恐怖的故事分享出來。

胡芹成了第一輪最後一個講故事的人，她善盡主持人責任，將陳家宅邸的命案介紹一遍，重點尤其在每個被害者的死法及死亡地點。

第二輪開始。

有了第一輪的經驗，大家產生互相比較的心態，故事都加油添醋許多，本來是為了招鬼儀式才講一百個故事，但是一有了競爭，就漸漸演變成為說故事大賽了，大家紛紛比賽起故事的精彩與聳動度，天師們甚至開始有著炫耀自己收妖經驗的態勢。

穆丞海趁這機會，將自己的親身經歷都說了遍，包含第一個故事裡提到的女高中生小桃、教他演戲的豔青姐、在拜桑歌劇院演出時遇到的館長普尼·林·賽洛斯和老皮，當然還有一代歌神徐立展老師。

穆丞海其實不太相信講完一百個鬼故事，那些鬼魂就真的會出現。

但如果「百物語」的傳說是真的也無妨，反正他故事所提到的，都是些他想再見一面的老朋友。

他甚至還想跟大家分享他夢到媽媽的故事，如果能把媽媽召喚出來，他可要把從小到大的事都跟她聊上一遍才甘願，但想到這個故事會牽扯到上吊自殺的韓綾，要是韓綾也出現就太可怕了，權宜之後，只得作罷。

胡芹身為主持人，必須把失控的氣氛拉回來，於是盡責地擔任起提點大家「他們身處的環境是多可怕的地方」的角色，講的故事全是關於陳家宅邸的傳說。

只可惜，天師們基本上都是些有點自我主義的人，讓胡芹的努力顯得毫無作用。

趙老師的故事都是一些鄉野怪談，雖然他強調自己說的都是親身經歷，不過因為上網就能看見類似內容，而且幾乎都在炫耀自己有多厲害，大家聽久也就麻痺了。

連網美們帶來的鬼故事都比趙老師的精采。

只要輪到趙老師時，所有人都希望他趕快說完，換下一位。

盧仙姑的故事都與食材有關，而且還加入許多個人製作料理的心得。

穆丞海心想，其實盧仙姑真的是被仙姑耽誤的廚師，如果去上料理節目，反而更有發展性，畢竟不是每個人都愛聽鬼故事，但每個家庭一定都需要吃飯。

只是，反過來想，如果盧仙姑講的故事都是真的，那這樣她碰到食材出問題的機率未免也太高，讓她進廚房烹煮東西，會不會反而害了那些吃她料理的人？

來賓們的故事中，就屬穆丞海的最吸引人，他講起來很真誠，就算是掰的，也很像親身經歷，內容又都跟演藝圈有關，強烈勾起工作人員的八卦魂，所以每次輪到穆丞海說故事時，大家都會全神專注地聽。

另一個受歡迎的則是王希燦，他大概也算和薛畢合作過的演員中，不怕死的其中之一，老挑著薛畢片場曾發生過的靈異事件來講。

雖然他都用代號替換掉了本名，但只要在演藝圈內待久一點的人都知道王希燦指的是誰。

羅修士只講了一個故事，大部分輪到他時都表示沒有故事可講，樂得趙老師逮到機會多講了好幾個，而且羅修士講故事時，也常因為詞窮不得不停頓下來，讓聽眾感覺相當難受。

途中有一度，歐陽子奇身體緊靠著沙發，閉眼沉吟，伸出手不停地揉著自己的太陽穴，看起來很不舒服的樣子。

場面上正輪到趙老師講故事，穆丞海湊過去問歐陽子奇：「你還好吧？」

「不太好，頭越來越暈了。」

「要不要請他們暫停，先送你去醫院？」

「等活動結束吧，不然現在中止，好像是臨陣脫逃一樣。」

身體不舒服只要忍耐一下子就好，被嘲笑可是一輩子的恥辱，他當然不想變成那樣。

「百物語」的儀式終於進入尾聲，外頭天色也越來越暗，時間已經快要來到半夜，但隨著鬼故事的數量越來越接近一百，大家的精神反而變好，倒數十個故事，連一開始不相信講完一百個鬼故事後鬼怪就會都跑出來的人，也感受到氣氛變得不一樣了。

「最後一個故事了耶！羅修士，你還要跳過嗎？」趙老師搶在胡芹前面發問，擺明非常想當那個說第一百個故事的人。

但是羅修士讓他的希望破滅了。

「我還真幸運，呵呵……那就由我來講最後一個故事好了。」羅修士撓著頭，一副感謝大家承讓的樣子，「我要講的，是一個真實故事，為了證實所言不假，我先告訴大家我的本名以示負責，我叫做羅、天、白——」

穆丞海發現向來沉著冷靜的殷大師臉色驟變。

「在很久以前，有一個男孩，他舉目無親，過著在街頭流浪的生活，直到被一個好心家庭收養。那個家庭有一個女孩，待那個男孩極好，男孩很愛慕她，但是女孩愛著的卻是另一個人。

「女孩為了能跟那個人在一起，做了很多努力，雖然男孩覺得那個人一點都不適合女孩，但他不敢跟女孩說，只能默默支持、幫助她，最後女孩也真的如願嫁給那個人。

「事實上，婚後的女孩過得並不幸福，那個人另外有著愛人，還生了孩子，女孩即使付出所有，還是換不來那個人對她的關愛，那個人甚至還把自己在外頭生的兒子接回來住。女孩憤恨、傷心欲絕，最後帶著無比的怨念，在男孩的幫助之下，上吊自殺了。事後，男孩告訴自己，他要替女孩報仇，不管要付出什麼代價！

「現在，是時候到了。」

穆丞海歪著頭。

奇怪，他怎麼覺得羅修士講的故事好熟悉，只是他一時想不起來是誰。

他問羅修士道：「你故事中的女孩是？」

「海，別問！」

歐陽子奇的反應很快，他立刻就聽出羅修士指的女孩就是韓綾。

羅修士的能力和殷大師不相上下，會特地選在此時此刻講述這個故事，一定是有把握「百物語」的儀式真的能讓故事裡的鬼魂跑出來，韓綾也能藉此出現。

韓綾如果出現會做什麼？立刻和羅修士雙宿雙飛嗎？不！穆丞海是她深愛

的男人與外頭女人生下的孽子，她還不先弄死穆丞海洩憤。

在羅修士講完故事的同時，殷大師已經掏出符紙對準他。

殷大師一直想找出潛進陳家宅邸要害穆丞海的人，可是對方防他防得嚴密，不管他怎麼算，就是算不出對方是誰，再加上羅修士在大家面前又表現出一副溫和有禮的樣子，更讓人難以聯想到他就是那個使出惡毒禁咒、讓韓綾死後得以回來復仇的天師。

其他人還不知道發生什麼事，歐陽子奇欲阻止羅修士講出關鍵的名字，但他身體不適，使不上力來，就算以速度取勝也沒辦法。

「那個女孩，她叫做韓綾。」

羅修士的表情變了，不再是那副好好先生的模樣，渾身散發出乖戾陰狠的氣息，他同樣抽出符紙，防備地看著殷大師，接著用空出的手一揮。

最後一根蠟燭，熄滅。

——《探問禁止！主唱大人祕密兼差中05》完

Side story

「一個人」的團體

子奇，我想我們是不是暫時將MAX的工作緩緩……

在床上翻來覆去一整夜，歐陽子奇腦中時不時就會想起穆丞海說的那句話。

「暫緩MAX的工作啊……」他喃喃複誦。

冷靜點想，綜合現在的狀況，穆丞海這麼提議也沒什麼不對，更甚者，他是體諒自己必須照顧生病的父親，才會希望自己多休息，不用再撥出額外心力進行MAX的工作。

但不知道為什麼，歐陽子奇心裡就是覺得卡了什麼。

到底是什麼原因讓他不舒服？細思了一夜後，仍無法想出具體的答案，或許是海太輕易地把MAX的工作從生命中除去，也或許是穆丞海想離開自己先搬去青海會跟靳叔叔同住，也或許……是他發現原來穆丞海沒有自己陪在身邊瞻前顧後，也能活得好好的。

歐陽子奇輕笑出聲，帶著些許苦澀，原來自己是如此霸道的人，竟希望穆丞海變成依賴著自己才能生存的人。

起床走進浴室，雙手捧了把冷水將臉拍濕，水沿著他的髮梢滴落，沾濕了睡衣的領子。

歐陽子奇，振作點啊！他在心裡喊著。

抬頭看著鏡子中的自己，臉色因整夜未闔眼而顯得憔悴，眼睛下的黑影那麼明顯，他這鬼樣子，得要多麻煩MAX的化妝師米娜的巧手拯救，才能上鏡頭？

說起來，他倒還要感謝海的提議呢。

去他的什麼他們是一個team，不管MAX遇到怎樣艱難的問題都要共同面對，一起解決，提出這個要求的人明明就是海啊！

簡單梳洗完畢，換了外出服，時鐘顯示著上午六點，歐陽子奇站在穆丞海的房門前，抬起欲敲門的手靜止在半空中，他八點得到聖心醫院探望父親，和醫生討論開刀日期，本想趁出門前找穆丞海聊聊，但裡頭隱約傳出的打呼聲，讓他敲不下手。

一方面覺得自己失眠整夜，穆丞海卻睡得這麼好，心裡不太爽快外；另一方面又捨不得打斷海香甜的睡眠。如此複雜的情緒在他腦中交戰，歐陽子奇覺得會為這樣的事情糾結的自己簡直瘋了。

想起昨晚他問穆丞海「如果父親的病一直沒好起來，也還是打算繼續暫停MAX的工作嗎」時，他果斷點頭的樣子，歐陽子奇低咒，一顆心登時沉沉地墜入深谷，他轉身抓起放在客廳的外套和車鑰匙，關門離去。

進入聖心醫院後，歐陽子奇關了手機，先去看父親的情況。

VIP病房內，會診的醫生們和歐陽奉的意見分歧，正僵持不下。醫生建議歐陽奉必須動手術，但歐陽奉以手術成功率太低為由，希望醫生再想想其他方法，就算不能根治，能夠用支持性治療讓他多活幾年也好。

在兩邊快要吵起來時，歐陽子奇出聲，態度強硬地制止了場面失控。

經過一夜，他已經能夠冷靜面對父親病危的事實，接下來他必須處理好所有歐陽家的事，責無旁貸。

病房響起了敲門聲，王希燦偕同夏芙蓉來探病，歐陽子奇請他們先代為照顧父親，便和醫生們一起離開病房。

對於父親的病情，他現在知道的資訊還太少，需要跟醫生們好好討論。

一個小時後，歐陽子奇、王希燦和夏芙蓉三人在聖心醫院頂樓的ＶＩＰ專屬餐廳裡會面。

這段時間中，王希燦和夏芙蓉在病房內陪著歐陽奉聊了許多往事，而歐陽子奇也從醫生那裡得到父親病情的詳細資訊，為求小心謹慎，歐陽奉則在醫生的建議下又做了檢查。

於是三人在等待檢查的過程中，來餐廳小聚。

保養得宜的白皙玉手端著典雅瓷器杯，夏芙蓉品著咖啡的香氣，讚美道：「不愧是歐陽集團經營的醫院，連咖啡都這麼講究。」接著輕輕啜了一口，那畫面彷彿正在拍攝廣告，美得讓觀眾都想嘗一口女神手中的咖啡是什麼滋味。

「能讓夏大小姐稱讚，肯定是好咖啡。」王希燦跟夏芙蓉點了同樣的咖啡，服務生將咖啡送到時就已經大口飲掉半杯，卻在夏芙蓉讚揚咖啡的品質，才跟著稱好喝，一聽就知道他根本不懂咖啡，惹來夏芙蓉的白眼。

「我說王大少爺，飲茶、喝咖啡、品酒，不都是社交場合中最基本的嗎？你怎麼到現在還是沒學會？」

尤其是到別人家中作客，當主人拿出高品質的咖啡或茶來招待，無法立刻分辨出種類並稱讚主人幾句，是非常失禮的。

王希燦嘻嘻笑著回答：「沒學會有沒學會的應對方式嘛。」

「是是是，你王大少爺演技好，什麼難題到你手上都能迎刃而解。」夏芙蓉沒好氣地回應，身為上流社會的千金，就算不想學也會從小就被逼著學許多禮儀，可不是人人都像王希燦那樣，天生會演戲又愛演戲，在社交圈裡靠演技就能應對進退，混得風生水起。

他們三人年紀相仿，彼此家長常往來，幾乎出生後就玩在一起，感情相當好。歐陽子奇和夏芙蓉都是家教嚴格的人，他們的禮儀真材實料，也是最瞭解王希燦的人，王希燦自然沒必要在他們面前掩飾自己的短處。

他頑皮地學起夏芙蓉喝咖啡的樣子，從端杯的姿勢、臉部表情、到咖啡入喉後發出的讚嘆，都學得維妙維肖，惹得夏芙蓉輕笑出聲，作勢要彈他額頭，王希燦誇張閃躲，兩個人玩得不亦樂乎。

一旁的歐陽子奇沒有參與他們的嬉鬧，靜靜地望著窗外發呆。

夏芙蓉和王希燦停下來，她觀察著自己的前未婚夫，縱使後來證實他們之間存在的不是愛情，她還是曾經好好深入瞭解過他的，知道他喜怒哀樂時是什麼模樣。

就像他此時的怔愣，根本不是擔心歐陽伯父的樣子。

「真難得，你早上沒刮鬍子就出門。」夏芙蓉迂迴。

歐陽子奇回過神，下意識地摸摸鬍渣，略帶頹廢感的模樣其實很好看，只是他習慣將自己整理得乾淨整潔才出門，這些鬍碴的出現就顯得不尋常了。

「早上思考太多事，忽略了。」

「是小海又闖禍了？」

「沒有……也不算是他的問題……」歐陽子奇難得支吾。

「但和他有關？」水靈大眼瞅著歐陽子奇，像是一眼就能看穿歐陽子奇的心思，但歐陽子奇知道自己的前未婚妻才沒那麼聰明，只是正巧熟悉他和穆丞海的個性，所以能猜到幾分罷了。

真正聰明又擅長看透人心的，是坐在一旁觀察著他們、卻故意不說話的王希燦。

「他說要暫停MAX的工作。」沒有前後因果的一句話，但是王希燦和夏芙蓉都聽明白了。

「你怎麼回應他？」

「我答應了。」

「但你不想答應？」

「不……以目前的情勢，暫停MAX的工作確實對雙方都好。」歐陽子奇抿著唇，半晌才不情願地說，明明早上還在抱怨穆丞海提出這樣的要求，現在卻已經在對外解釋時維護他，「……我只是還沒整理好情緒。」

夏芙蓉和王希燦對看一眼，思緒不約而同回到他們小時候。

歐陽集團因為財力雄厚，打小受著菁英教育的歐陽子奇在他們一夥人眼中，就是個不可一世的小帝王。他資質聰穎，自負倨傲卻自律甚嚴，幾乎沒有他做不好的事。

然而，就在他們國小三年級時，歐陽子奇突然提出想到一般國小就讀的要求，理由是他想瞭解平民生活。

當時的夏芙蓉根本無法理解歐陽子奇為什麼想這麼做，王希燦則是覺得沒必要，畢竟完全不同世界的人要勉強生活在一起實在太辛苦了。

在那之後，歐陽子奇漸漸變了，舉手投足雖然依舊優雅，氣質還是那麼高貴，但他變得有血有肉，有各種以前不曾有的情緒，他開心會大笑，不爽時會飆髒話，動怒時還會抬腳踹人。

讓他有這樣改變的，是班上一個叫做穆丞海的同學。

不只是小時候，直到他們組團成立MAX，並一起走過風風雨雨的事件後，穆丞海還是唯一能讓歐陽子奇有巨大情緒變化的人。

歐陽奉當初讓兒子練琴也是拿來陶冶性情而已，誰知兒子越練越勤，會彈奏的樂器越來越多，最後竟拋下歐陽集團不繼承，跑去出道當藝人，這是歐陽奉始料未及的。

而他要組團的人，就是穆丞海。

「雖然和小海熟識後，我也能明白小海的迷人之處，但是當初你力排眾議，堅持要跟小海組團的原因到底是什麼呢？」夏芙蓉好奇問道。

「是啊，為什麼呢？明明就是那樣一無是處的人。」王希燦當初對歐陽子奇執意找穆丞海組團的事情很吃味，雖然經過後來的相處，他也承認穆丞海確實獨特的魅力，只是他總希望讓子奇另眼對待的人是自己，因此說起話來略帶酸味。

稍早歐陽子奇和醫生討論完後，便將手機開機，此時手機響起，他看了來電顯示，是穆丞海。

遲疑了三秒鐘才接電話，讓王希燦和夏芙蓉看出些許不對勁。

他們簡單地聊了幾句，穆丞海說：「我想，MAX 暫停工作前，就幫小芹這個忙吧，你覺得怎樣？」

MAX 暫停工作前。

簡單幾個字，又刺著歐陽子奇的心，他假裝一切正常地回應：「你覺得 ok 的話，我這裡也沒問題，細節的部分就讓小楊去安排吧。」

「好，我會跟小楊哥說。你現在人在聖心醫院嗎？」穆丞海問。

「嗯，我爸正在做進一步的心臟檢查……」不遠處，替歐陽奉檢查身體的醫生正朝他們的方向走來，歐陽子奇看見了，連忙結束和穆丞海的通話，「他們出來了，晚點聊。」

「我離開一下。」切斷對話後，歐陽子奇對著王希燦和夏芙蓉說，便起身往醫生走去。

看著歐陽子奇的背影，夏芙蓉悠悠地嘆了口氣，「這算是一物剋一物嗎？」

歐陽子奇和穆丞海的關係，似乎比她還沒跟歐陽子奇解除婚約前又更複雜了，難怪有次茱麗亞．艾妮絲頓會跟他現在的未婚夫丹尼爾抱怨，根本沒有她可以介入的餘地。

「看我們的子奇如此難過，都讓我想去跟穆丞海玩一玩了。」

夏芙蓉瞟向王希燦，瞧他一副興致勃勃的模樣，到底是為了子奇還是為了他自己，恐怕只有王希燦自己知道了。

——番外〈「一個人」的團體〉完

高寶書版集團
gobooks.com.tw

輕世代 FW306
探問禁止！主唱大人祕密兼差中05

作　　者　尉遲小律
繪　　者　ひのた
編　　輯　林思妤
校　　對　林紓平
美術編輯　彭裕芳
排　　版　彭立瑋

發 行 人　朱凱蕾
出　　版　英屬維京群島商高寶國際有限公司臺灣分公司
　　　　　Global Group Holdings, Ltd.
地　　址　臺北市內湖區洲子街88號3樓
網　　址　www.gobooks.com.tw
電　　話　(02) 27992788
電　　郵　readers@gobooks.com.tw（讀者服務部）
　　　　　pr@gobooks.com.tw（公關諮詢部）
傳　　真　出版部　(02) 27990909　行銷部 (02) 27993088
郵政劃撥　19394552
戶　　名　英屬維京群島商高寶國際有限公司臺灣分公司
發　　行　希代多媒體書版股份有限公司/Printed in Taiwan
初版日期　2019年5月

國家圖書館出版品預行編目(CIP)資料

探問禁止！主唱大人祕密兼差中/尉遲小律著.-- 初版. -- 臺北市：高寶國際, 2019.05-
冊；　公分. --

ISBN 978-986-361-674-0(第5冊：平裝)

857.7　　108005312

三日月書版

三日月書版

GOBOOKS
& SITAK
GROUP©

GOBOOKS & SITAK GROUP©